在平凡的日子里，活出高贵

ZAI PINGFANDE
RIZILI
HUOCHU GAOGUI

火山灰 著

SPM
南方出版传媒
广东人民出版社
·广州·

图书在版编目（CIP）数据

在平凡的日子里，活出高贵 / 火山灰著. — 广州 ：广东人民出版社，2018.4（2019.9重印）

ISBN 978-7-218-12430-8

Ⅰ. ①在… Ⅱ. ①火… Ⅲ. ①散文集－中国－当代Ⅳ. ①I267

中国版本图书馆CIP数据核字（2018）第015129号

ZAI PINGFANDE RIZILI，HUOCHU GAOGUI

在平凡的日子里，活出高贵

火山灰　著

出 版 人：肖风华

责任编辑：向路安
装帧设计：李俏丹
责任技编：周　杰　周星奎

出版发行：广东人民出版社
地　　址：广州市珠海区新港西路204号2号楼（邮政编码：510300）
电　　话：（020）85716809（总编室）
传　　真：（020）83780199
网　　址：http://www.gdpph.com
印　　刷：天津兴湘印务有限公司
开　　本：889毫米×1194毫米 1/32
印　　张：8.5
字　　数：180千
版　　次：2018年4月第1版　2019年9月第2次印刷
定　　价：36.00元

目录 CONTENTS

Part 1

优秀一点，更易活得高贵

Part 2

高贵之人，必做有意义的事

目录 CONTENTS

Part 3 高贵生活，不应向将就妥协

Part 4

高贵之道，把值得做的事做好

目录

CONTENTS

Part 5

在平凡的日子里，活出高贵

C 目录 ONTENTS

Part 6

不抱怨，让日子过得好一点

优秀一点，更易活得高贵

Part 1

你对自己下不了狠手，就轮到生活对你下狠手，你人生中偷的那些懒，就像多吃的那些苦一样，某一天会用特别的方式回报你。

学会优秀，让人无法替代

曾经有一个下属的任职资格答辩没有通过，因此她在当年就不能提升职级，这也意味着调薪、配股方面会有影响。其实这是一个很正常的现象，因为同时参与任职资格答辩的人很多，晋升有比例控制，自然只能让更优秀的人晋升，否则就变成了混资历吃大锅饭了。但是这个下属，姑且称她为小李吧，似乎有些不服气，所以找到我来理论。她跟我说了自己被分派的工作都能按时按质完成，并没有觉得比别人差，自己不能通过任职答辩不太公平。

我没有跟她详细分析她的答辩情况，也没有透露答辩评审组对她的看法，而是给她布置了一个工作任务，告诉她比较紧急，让她三天之后给我设计方案，之后再跟她讨论她任职资格答辩的事情。小李同意了。

三天之后，我在一个会议室里叫来了小李，让她给我看设计方案。她也的确是完成了，然后开始给我演示起自己的设计方案。但是她没有做很特别的准备，只是用鼠标在自己的流程图软件上一会放大一会缩小，一会向左拖一会向右拖地给我讲解。这期间我没有做任何的提问，任由她自己讲解，她讲完之后也似乎自我感觉良好。

我没有问她设计方案里的细节，但是问了一些关于工作本身的问题。我问她有没有进行需求的调研，她的回答是以为是确定的项目，而且时间很短，所以也没有时间进行调研。我还问她有没有确认设计方案是要给谁看的，她的回答是给我，我追问她我看完之后给谁进行研发，她回答不上来。

接着我示意她等一下，然后我打了一个电话叫来了另一名比她资历浅一些的小王，让小王把三天前布置的项目设计方案给我和小李讲一下。

小王来到会议室后开始给我和小李讲解自己的方案，她做了一个PPT，因此可以全屏播放。在讲方案前，小王的材料里有一些调研的数据，她说时间比较紧，所以只调查了一些公司内部不同岗位的人，但是也得到了一些有用的结论。然后展示了三套方案，每一套方案的优劣都清晰明了，并给出了自己的观点。同时她还说自己跟研发也做了一些初步的沟通，三套方案在实现难度上的差异也有相关结论。最终她根据各方反馈综合判断，自己选择了一套可行的方案。

我问小王这份设计方案是哪个团队去落地，小王说是印度开发团队，所以她完整的设计文档是用英文编写的，完整的文档可以后面再发给我review。她还说在做设计方案时发现了两个专利点，后面会再提交专利交底书。

我对小王的表现和输出很满意，示意她先出去，说我和小李再讨论一下。

我对小李说，三天前我给你们布置了相同的工作，交代的方式完全一样，但是相信你听了小王的汇报就能明白差距。其实在以前的工作中我也提过一些你可以提升的地方，可是很多时候你基本上就只满足于完成工作。看似也是完成了，好像也没有什么问题，但是你完全有能力做到更好。这个不能都是靠导师或是上司强迫你，有时也要靠自己的敏感和主动性。很多时候态度比能力还重要。你觉得自己完成了工作就对得起自己的工资了，多付出一些都觉得对自己不公平，那么站在公司角度会怎么考虑呢？它是愿意让一个仅完成被指派的工作的员工晋升，还是让一个不局限于完成被指派工作的员工晋升呢？

小李这个时候没有作声了。我相信她也明白了我的用心。其实有时候自己跟自己比看不出什么，但是同一件事跟不同的人相比一下就能看出区别来。

不少人都是觉得自己优秀，觉得自己的工作做得也不差，有时候还把昨天的自己跟今天的自己做对比，觉得自己有了很大的进步。但是在上司眼里并不是仅仅看到一个员工，而是整个团队的员工。或许你是在进步，但是别人可能是在飞速成长；或许你是能完成被安排的工作，但是别人早就不满足于被安排的任务了。你的成绩只是good，离excellent还有一大段距离。

一个好的公司、组织、团队不会吃大锅饭，因为这是对优秀员工积极性的一种打击，是对表现突出的员工的一种不公平。至于员工本人要清醒地认识到优秀的公司同事、业界同行很多，自己必须卓越才能脱颖而出。

想要优秀，就要对自己狠一点

我在美容院休息室看新项目介绍，忽然走进来一位足以让任何人眼前闪亮的女子，线条优美结实，皮肤轮廓紧致，五官精致清晰，礼貌周到地谢过美容顾问，优雅离去。

我的美容顾问笑着说："这是我们店接待最久的顾客，20年前刚开店她就定期来做护理。"

我惊讶得顾不上礼貌："20年前？她现在多大？"

"40多岁吧，有两个孩子。她的美容秘方是我们店的圣经：为了不长颈纹，20年只枕颈枕，从来不用又高又软的枕头；保持眼周没有细纹、延缓法令纹的要诀是超过15年仰面睡觉，侧睡容易长皱纹；每天倒立五分钟；跑步的习惯坚持了快20年；早晚各一张面膜，晚上三层功效不同的精华。"

每一条都让我震惊："她不工作吗？那么有时间。"

"不，她自己经营一家公司，事业也蛮好的。"然后，美容顾问笑着补充："我们做这行，了解很多所谓漂亮的秘方，但是，极少有人坚持，大多客户都是最多每个礼拜来做次护理，回家饮食、运动、个人保养并不注意，完全依靠美容院变美怎么可能，美丽的代价是努力。”

这些年，很多事例颠覆了我对“美女”的看法，就像很多经历推翻了我对“成功”的认知——那些看上去很美的故事，实际上都是很苦的过程，就好像随性与放任大多是慢性毁容的良伴。

我曾经采访自创品牌咖啡馆的女老板，对她说我的梦想也是开咖啡店。

她轻轻地笑笑，跟我聊每平方米的房租、客单价、员工培训、店堂布置与氛围营造、供应链管理和采购、连锁加盟扩张发展。这些硬邦邦的字没有一个和浪漫有关系，她更不是我原先想象中捧杯咖啡看本书，在冬日的暖阳下窝掉一个下午的爽人。她总是在巡店，从一家店到另一家店，从一座城市到另一座城市，忙碌而麻利，很少说多余的话，很少做无谓的事，她告诉我，这才是咖啡馆老板的真实生活，脚踏实地努力出来的安全感。

因为走的路多，她身上有种见多识广的漂亮，“美女”在她这儿绝对不是“先生、小姐”式的统称，而是货真价实的结论。

我也曾打算开家淘宝店，坐在家里SOHO，想了三四年都没做，可是我的大学同学张琳琳做了。

这个新疆姑娘在网上卖围巾，从一家红心都没有的小店做起，整夜弯腰拍样品上货累得直不起腰，在医院吊水吊针还推到最快赶时间，在大巴扎进货一家一家敲门，孤注一掷把所有的积蓄压进货款，偶尔也会看走眼做季节性产品血本无归。

可是，六年之后，我依旧老老实实码我的字，她却成了我的采访对象——中国围巾第一品牌“羚羊早安”创始人、阿里巴巴“全球十佳网商”、淘宝七大传奇卖家、首届青年创业大赛冠军，等等。

忙碌中，这个漂亮姑娘还拿到了社会学和管理学双硕士。

老天多么不公平。

老天又是多么公平。

那句话怎么说的？只有十分努力，才能看上去毫不费力。

是的，成功者从来不把努力挂在嘴边上，所以，假象总是很轻松——学霸从来不看书，美女怎么吃都不胖，明星每晚贴两片黄瓜皮就能永葆青春，企业家经常撞大运遇见风投莫名上市，韩寒、郭敬明拥有大票脑残粉，赵薇随便出手拍个电影票房口碑都能双丰收，那个叫老罗的胖子靠耍嘴皮子收会员费卖月饼都能成自媒体先锋。

呵呵。

你懂的。

这个世界上若有若无的才华很多，漫不经心的敷衍很多，被现实碾碎的梦想很多，对别人的美丽和成绩云淡风轻说几句漂亮话的机会很多，可是，踏实的勤奋却不多。

那些长得漂亮、干得漂亮、活得漂亮、想得漂亮的家伙，都是狠角色。

他们专注、自信、骄傲，甚至有点偏执，对自己狠得下心下得了手，在别人散漫的时候用功，一用若干年。可怕的是，他们的情商智商还比一般人强。

聚沙成塔、水滴石穿都是痛苦等待和磨炼的过程。人都有惰性，谁不愿意慵懒地靠在松软的沙发上，美好前程自动在眼前铺开呢？谁不想随时随地来一场说走就走的旅行呢？谁不想爱谁是谁，随心所欲地谈一场恋爱呢？谁不想天生拥有玻璃心和公主病的双重资本呢？

真相很凄清：你对自己下不了狠手，就轮到生活对你下狠手，你人生中偷的那些懒，离不开的那些人，荒废的那些时间，就像多吃的那些苦一样，某一天会用特别的方式回报你——或许成为臃肿却并不健康的中年妇女，或者成为被感情抽得遍体鳞伤的萧红式怨女，或者成为一点都不快乐没有安全感的憔悴妇人。

经历了冬天的荒芜、春天的播种、夏天的耕耘，然后，秋天的收获才可能是顺理成章的事。

只是，美女不会告诉你，她跑了多少公里路，流了多少汗，扔了多少双走坏的鞋，多少年没有趴着睡过觉，才换来了一身结实的肌肉和无暇的面孔。

1923年，中国姑娘谢婉莹到美国威尔斯利女子学院留学，穿过著名的塔院，走过树林和草丛来到主校区，望着眼前波光粼粼的慰冰湖，听老师说起11年前另一个著名的中国女学生：

她主修英国文学，兼修哲学，选修法语、音乐、天文学、历史学、植物学、英文写作、圣经史和辩论术，还在佛蒙特大学选修过教育学，她成绩优异，热爱体育，几乎是“德智体美劳”全面发展的典范。

后来，她讲了一口流利而优雅的美国南方口音英语，1943年2月18日，她在美国国会发表了20分钟的演说，成为美国历史上最著名的国会演讲之一，她是第二位登上这个讲坛的女性，轰动美国朝野。

她也是个美女，名叫宋美龄，而谢婉莹，就是著名的冰心，据说同样是个美女。

你先别忙着尖叫、鼓掌、挥舞荧光棒，多想想这些光环背后的功夫。

就像水木丁说的，美女都是狠角色，尤其对自己。

有些人，总有办法让自己日渐优秀

1

小时候，去姑姑家玩，每次去，都要住上好几天，姑姑会把她家的一间客房腾给我入住。入住的时候，房间都是特别整洁的，特别是被单床单都是干干净净的，被子也是叠得很整齐，绝对不是揉成一团地放着。

可是，等我住上几天，那个房间就变成乱糟糟的模样，不忍直视。被子不叠，一团地塞在床的一角，我的衣服一件一件散乱地丢在凳子上，床单上还有我吃的瓜子壳和薯片碎屑，因为我最喜欢躺在床上一边吃零食一边看电视剧。

第一天，姑姑没说我什么，到了第三天下午，姑姑终于忍不住爆发了。她说，十三，你一个小姑娘干干净净的，怎么一个房间就弄得乱七八糟的，你将来嫁去人家，人家怎么看你才好？

我说，姑姑，我这不是还没嫁人吗？我撇撇嘴，表示不满。

姑姑不开心了，有些生气地说，十三，你不要一副无所谓的态度，你是个女孩子，就要过女孩子该有的生活，不管里里外外都要干干净净整整洁洁，特别是你的头发乱糟糟的，应该去理发店剪一剪了。还有你的房间，要是在吃饭之前还没有打扫干净你就别吃饭了，你要是不开心，你想去谁家我都不拦你。

2

那时候，我十几岁，还没学会过自律的生活，还有很多不良的坏习惯。听了姑姑的话，我拿起扫帚把房间打扫干净，又拿拖把把地拖了几遍，把被子叠好，衣服也叠好。

到了快吃晚饭时，姑姑看了一眼我的房间说，十三，你不是不会做这些事，你就是懒。年纪小小的，要学会手勤脚快，现在，去把冰箱里的菜拿出来捡一下，洗一洗，我们炒炒菜就吃晚饭了。

姑姑看我捡菜笨手笨脚的，又过来教我，韭菜要怎么挑选，青菜老的部分要去掉……平时的姑姑看起来又干练又麻利，有些严肃，可是在那一刻，我的姑姑特别的温柔。她在生活中的很小事情里，教会我，作为一个女孩子要养成良好的习惯。

我大三的时候，去堂姐的夫家，堂姐的婆婆是一个女强人，事业很出色。短短的一个寒假，我都和他们住在一起，那个时候，堂姐正好坐月子，我去帮忙做点力所能及的事。

去到她家的厨房，我简直惊呆了，第一眼的感觉就是像看到电视剧里的厨房了，不像乡下的厨房堆满了杂物，有时候特别拥挤，随时都有把东西碰倒的可能。堂姐夫家的厨房，所有东西都被整理好收纳得很好，就连液化气灶都是光洁如新，而不是布满油污。厨房的地板也不是油腻腻的，如同客厅一般干净。

后来，和堂姐的婆婆熟了，她也喜欢教我一些关于厨房的事，比如做菜不用做得很多，可以每一样做得少一点，但种类可以多一点，少用猪油，多用菜籽油。在乡下，做菜的时候很喜欢用猪油，反而不喜欢用比较便宜的菜籽油，炒菜的时候喜欢炒一大盘，吃不完第二顿热了又吃。其实，这样并不好，长期下来，会影响健康和营养的吸收。

比如洗碗的时候不一定要用洗涤剂，用热水就可以，有时候可以加点苏打去污，洗好以后，可以用干净的抹布把水擦干再放进碗柜。厨房的地板用抹布抹，不用拖把拖，厨房的面积小但也容易藏污纳垢，用拖把反而越拖越脏。原来，这些在生活中容易疏漏的地方，容易被忽视的细节，都大有乾坤。而能够把生活过得井井有条、特别出色的那些人并不是没有道理的。

3

堂姐的婆婆年近50，却看上去40左右，身材保养得如同一个20多岁的女孩一般，并不臃肿肥胖。她家的客厅里，总是有一个开水壶一样的煮东西用的厨具，她总是会煮一些凉茶或者红枣汤，时不时地弄一些养生的东西喝喝。

除此以外，还有一套紫砂壶茶具，总是在晚饭后，烫壶喝茶，有时候和我的姐夫在房间里焚香冥想。她说，现在的人太浮躁了，时不时地静下心来坐下冥想并调整呼吸，有助于思考。

在姐夫家店铺工作的娇娇姐也经常回来家里吃晚饭。有一次，刚好我们几个年轻的女孩都在，娇娇姐刚买了一件新衣服，问我们好不好看。堂姐的婆婆正在喝茶，于是，和我们聊了起来。她说，我发现你们女孩子特别喜欢买很多衣服，款式颜色也是花样百出，其实，衣服不用买那么多，可以多攒点钱买几件好的，特别是几百几百的，攒上一段时间，买上一件过千的羊绒大衣，穿着又温暖也不容易过时。

之后，堂姐的婆婆带我们去看她的衣橱，衣服并不多，她拿出几件大衣跟我们说，那是她十多年前买的衣服了，可是看上去一点也不像，无论款式还是颜色都没有过时的感觉。她还和我们说了一些搭配的，比如，个子高的，可以穿长款大衣；简单款的，很有气质；个子小的，可以穿短裙搭配小皮鞋显得腿修长，在听她的聊天中，我们似乎又学习了一堂关于美丽的课。

我的二伯，尽管退休了，却喜欢上了亲自种一些蔬菜，有时候还种水果。记得有个假期回家的时候，我们还吃了好多他亲自种的紫心的火龙果，又甜又新鲜。

我中学的时候去他家，特别喜欢他家书房，有好多《读者》和

《青年文摘》，几乎是每一期都有，能排上两层书架，他家的沙发上时不时地可以看见《道德经》《老子》《论语》之类的书，我才明白过来，原来曾经在中学任教的二伯并不仅仅只会教书，私下里非常喜欢看书喜欢学习。

他每天晚上从8点到10点的两个小时都要在书房看书或者做事情，几十年从未间断，后来，我终于明白了他总是说的一句话，他说人与人之间的差距很多时候是在晚上这两个小时拉开的，因为这两个小时很宝贵，有的人却浪费在看电视打游戏或者玩耍方面。

我二伯小时候日子过得特别艰苦，去上学的时候总是吃不饱饭，于是在家里磨着米面去学校里用开水糊着吃，裤子破了也舍不得扔而是补了又补。家里一个星期才吃几顿肉，因为子女多，肥肉都是一个人才分一块，每次吃肉的时候，口水都流。去上学要走上很多山路才到学校，但读书却特别上心。

4

几十年过去，二伯家的生活条件越来越好，房子是庭院式的在城上，院场很宽可以停车，家里还有个小菜园可以种蔬菜。二伯的儿子和媳妇工作都很出色，一家四口日子过得有滋有味。尽管这样，我二伯却几十年如一日的朴素，他的衣服都是很普通的，并不追求什么大牌。现在退休了，又找了一份比较清闲的工作，尽管家里有车，他还是坚持骑自行车上班。曾经在中学任职身居高位，却从不以权谋私，深受学生爱戴。他是我们小家族里，最孝顺最受尊敬的人。

我才念初一的时候，家里很穷，我妈连我300块的学费都拿不出，我妈说让我就在乡下中学念初中吧，当时是我的二伯跟我妈说，让我妈给我伙食费就可以，剩下的他给我。很多年过去了，我仍旧没有忘记我初一开学的时候，我二伯给我交了学费和校服费，还经常把我叫去办公室偷偷塞给我几十块生活费，还让我不要告诉我伯母。

如果没有我二伯的帮助，也许十三我可能念不到大学，我特别感谢我的二伯，他在我学习生活方面从小帮到大。

以前，并不觉得这些有什么，如今长大，才明白过来，无论是我的姑姑还是我二伯，抑或是我堂姐的婆婆，他们都是能够在生活中把自己变得越来越出色的人。年纪增长，却不曾停止过学习。如今，我快毕业了，我姑姑还在鼓励我让我放宽心加油参加工作考试。

5

但凡那些能够把自己生活过得很好，也能够去帮助指导别人在生活中进步的人，都是生活的高手。

他们不仅能够在生活中不断提升自己，也有一颗热爱生活的心，能够把生活过得有声有色，能够坚持自律，能够在一些生活的细节方面做到用心与细致。

无论一个人的事业多么成功，无论一个人是单身还是有家庭，对于生活，都不应该马虎，都不该草草了事。岁月会将你的积累一点一点沉淀，最后沉淀出一个珍珠，闪闪发亮。

那些生活中的高手，总是不动声色的，在平凡的生活中，有着一颗最不平凡却最善良的心，像陈年佳酿，喝上一口，都弥漫着醉人的芬芳；像一块美玉，温润而无暇，质朴无华。

拥抱更好的自己，唯有学习

前几天回家时，和妈妈一起吃午饭，她脸上有阴郁的神色，或者说不上阴郁，反正是不好看的样子。吃着吃着，她突然说：“你堂兄在路边开了个餐馆。”

我不以为然地回道：“很好啊，你去道喜了吗？”

妈妈点了点头，继续说：“隔壁的李叔讲，说不定以后你还搞不赢你堂兄呢！”

听到这句话，我就大约知道妈妈到底要跟我说些什么了。

1

我有一个堂兄、一个堂妹住在隔壁，我和堂兄同时上学，堂妹则比我们低一届。至少在从读书开始到毕业之前这近20年的时间里，我一直是我们家在村子里的骄傲。

我是村子里第一个考上重点高校的人，也是第一个硕士研究生。当然在当今社会，这些都不值得吹嘘，毕竟在外面待得久了，就知道这样的履历，算不上什么。

但是，村子里的人可不这样看。我读书的时候就一直告诫妈妈，千万不要在村子里跟别人总是提起这些事。倒不是因为想要低调，而是因为此时我学习上的荣耀，必定会成为彼时他人在事业上对我的调侃。

果不其然，这种情况在我工作后便不时出现。

这两年，听妈妈转述最多的一句话便是："你屋里崽读这么多书，一点都不爱讲话，你看隔壁那谁谁谁，在社会上多吃得开。"每每听到这样的言论，我心里的独白是："我读书学会的是聊天的时候要有礼貌，至于我说多说少，关读书什么事啊。我向来沉默寡言，性格生来如此，我跟你说话的时候有礼有节就足够了，你想要我多说话，那你得跟我聊有内容的东西啊，谁要跟你扯那些滑得流油的场面话。"

鉴于此，毕业后，我在一家私企的实验室工作，我喜欢那一点也不复杂的工作氛围，面对着架子上的瓶瓶罐罐和简单的同事，没有钩心斗角和尔虞我诈。拿着可以糊口的年薪，虽然不高，但也足够生活。

工作之余，我几乎都宅在家里。我买了满满一书柜的书，现在还以每月五本到十本的速度增加，我并没有全部看完，但也已经看完一半了。

我也喜欢写作，虽然写出来的东西没有人看，但是不可否认，我内心是满足的，更是充实的。对那些没事就打麻将、逛酒吧的人，我只想说，你们过得很快乐，其实我也一样，我的生活状态让我很快乐。

可悲的是，这种快乐只是我的，而不是长辈的。在他们眼里，我就是不思进取——读了那么多年的书，学历也不差，按理说，就应该比人家高出一筹。而且在他们的眼里，这个“高”只能靠钱来体现。读进去的书就应该等同于赚到手的钱，想必这就是村里人最朴素却又有些可悲的价值观了。

2

堂妹职高毕业后，去了北京工作，前年回来了，从那时起便一直在做微商。

我从来不需要去打听堂妹赚了多少钱，因为我妈会把堂妹每一笔大的消费向我清楚地讲一遍、两遍，甚至三遍、四遍。

比如说，堂妹已经帮家里还了十几万的外债，买了房子，给她妈置了几万块钱的金首饰，近期又准备买车了。当然，说的时候一定会加上年龄，那便是堂妹才25岁。

还有堂兄，大专毕业之后，就在工地上工作了几年，卖过一年保健品，后来结了婚有了小孩，又做了两年网络直销，如今开了一家餐馆。

听上去，他们都算是不错。说实话，我也由衷地替他们高兴，如果他们事业有成，也是我们整个家族的荣耀。可我最怕听到我妈那句话：“你读了20年的书，千万别到最后还搞不赢你堂兄啦，他还只是大专毕业。”

其实我不懂，搞不搞得赢某人，到底要从哪些方面来衡量？自己内心充实快乐到底算不算成功呢？即便我心里一百个肯定，却也改变不了家里人的看法。

其实这也并非我妈一人的观点，在我们村上持“书就是钱，读了书就应该赚大钱，赚不到大钱就是没用”这种观点的人实在不在少数。这些人说话永远是酸溜溜的，一开口就是“读书无用”之类的论调，我想他们如果要举例子，拿我做典型是再好不过了。

可笑的是，如果他们的小孩考试考得一塌糊涂，必定少不了一顿打，好像在那一瞬间，某种观点便从他们的脑海里消失得无影无踪。

3

在村里，有一大部分人都是一边卖力地说着“读那么多书，其实也没什么用”，一边又竭力给他的孩子描绘读书能够买车买房的远景。这种矛盾多么可笑，又多么可悲。

当然，我不否认读书能带来财富，但那是精神财富，如果硬要跟物质财富扯上什么关系，那我只能说认真读书是通往物质财富的众多道路中的一条而已。你走不走那条路，完全取决于你自己。

读书，是为了什么？儒家说，正心、修身、齐家、治国、平天下。我没那么大的理想，正心、修身对我来说便已足够，而读书恰能告诉我如何正心、修身，成为一个自己想要成为的人。

想要卓越，那就告别无意义的重复

1

前些日子，我去医院看病，医院里人山人海，病人焦虑，医生烦躁。

挂号排队花了一上午，终于快到我了。

前面一个大爷不停地问着医生，我下次什么时候来？这个药靠谱吗？费用在哪里缴？医生不耐烦地回答着，因为每天都有无数的人，过来问同样的问题。她先是无奈回答着，后来嗓门提了八度，像是在吵架一样。

到我后，吓得我连大气都不敢喘，她看完，我急忙就跑了下去缴费。

缴费口已经排了很长的队，排到我时，我多嘴问了一句，多少钱？那人不说话。我又问了一句，多少钱？那人脸色无光，似乎在回答一个有关生死的问题，他瞪着我，极其不耐烦地想说点什么，又戛然而止。我有些不高兴，大喊一句：大哥，到底多少钱？终于他爆发了：单子上有，你自己不会看吗？

我赶紧看单子，缴了钱，走之前嘀咕了一句，怎么这么不耐烦！结果，他听到了，大喊一句：我不该不耐烦吗？

我走在路上，满脑子都是他的那句：我不该不耐烦吗？

实在弄不懂，他为什么说自己不该不耐烦，这明明是你的工作。既然你选择的工作就是机械的事情，这份工作给你带来的是稳定和安稳的待遇，你就应该承受一些无聊的枯燥啊。

可走着走着，忽然我懂了，的确，他应该不耐烦。毕竟，他这么年轻，却过上了每天重复的生活，日子像上了发条，除了循环就是循环。这样的生活，能不耐烦吗？

可你为什么要让自己的日子那样规则循环？

2

那天，我看到一组数据。

多数中小型企业的平均寿命是2.7年，世界五百强的平均寿命是40年。

而我们的职业生涯，也是40年左右。

也就是说，如果你刚毕业就创业，刚好把这个公司创业成世界五百强，到了你退休那年，差不多它刚好倒闭。所以，人这辈子，一定会换好多不同的职业和单位，世界是变的，唯一不变的，就是变动本身。只有每天进步的人，才能过上稳定的生活。

曾经听一个职业规划师说：在这样一个每天都在不停变动的世

界，如果你还不思进取地在自己的岗位循环着，那不是平淡，必然是平庸。

这话说得可能有点重，却又不失道理。

3

我见过很多人，都在不停地进步，他们每天都在学习，就是为了更好地在世界上生存。也有很多人，他们跨界很成功，因为他们让自己变得无可替代。那些重复的循环的工作，机器总有一天会全部把它们取代。

你是否想过，机器能做的事情，人完全不用那么辛苦地去做了？

你可以不耐烦地重复着甚至抱怨着，可那看似很忙的生活，或许只是因为你懒于思考去改变而已。你是否想过，会不会有一天，当你能做的，机器会比你做得更好，并且不抱怨还不要工资的时候？你是否想过，自己还拥有什么无法被替代的技能立足于这个世界上？

那天我遇到了一个朋友，是个月嫂，她自豪地说，曾经大家特别不看好这种工作，现在自己一个月工资是8000元左右。

她继续说，我这个工作，未来不会被机器替代，因为我每天都在进步。她笑得很甜，这些年她赚了一些钱，马上准备出国进修计算机专业。

我问她为什么。她说，未来发生什么，谁知道呢？

她告诉我，永远不要让自己的生活有规律无意义地循环。

打破常规，遇见更美的自己

十年前，一家市级晚报编辑部，同时招聘来两个大学生。

第一个大学生很快脱颖而出——他每周写40余篇稿子，这些稿子的显著特点是短小、平淡。虽然是短稿，但他每天投入大量的精力搜罗稿件相关的资料和信息。因为稿件短小，又是家长里短、平常巷陌故事，填补大稿“缝隙”很合适。因此，编辑部对他的稿件很满意，他的报酬不但很可观，领导对他的赏识率也直线上升。

另一个大学生就大不一样——他在编辑部坐不住，每天找借口出门寻找新鲜材料，结果大都空手而返。他每周只交两篇稿子，不过都是长稿。稿件虽然很独特，但量少，很难满足晚报版面的需求。因此，领导和编辑部很不满意他的工作态度，领导多次找他谈话，但他还是由着自己的性子，我行我素。领导见其是朽木不可雕之人，决定辞退他。

就在辞退他的前夕，意外的事情发生了：他所采写的稿件中，有三篇获得全国各项评奖，均是前三名。这让编辑部所有的人都很纳闷，也让领导很吃惊。

领导再次找他谈话，问明缘由，他坦然一笑，说：“在一周时间内，我花两天的时间构思和策划稿件主题，三天的时间出外采集相关的信息材料，一天静心写稿。每篇稿子写好后，我会找不同的读者阅读，让他们提出意见，然后综合他们的意见，再次修改校正，直到我自己满意了，才交给编辑部。”

正是他没有循规蹈矩走老路，独特的稿件激发了读者的阅读兴趣，使晚报发行量一路飙升。

十年后，第一个大学生还是晚报的一位编辑；第二个就不同了，他成了长江日报报业集团总编辑，他叫陈光。

独特是创新思维的急先锋，独有是创新结果的收获。循规蹈矩，看似坦途，往往路途遥远；另辟蹊径，看似离经叛道，往往是通衢捷径。打破常规，就得独特；创新之首，就是独有。

多想一步，才能更进一步

有一次，我去师大夜市吃东西，等餐的时候和同桌的一个男生聊了起来，他告诉我，他是另一所大学的毕业生。

“你不是师大的学生，怎么会跑到这里来呢？”

“我来这里游泳。”男生说。

“你已经毕业了，以后打算做什么呢？”我找话题随便聊聊。

“我要去苏格兰念数学博士。”他的脸上露出自信的笑容。

“怎么会想到去苏格兰念博士？”我好奇地问。

“我拿到了全额奖学金。”男生回答。

“哇，真厉害！”

“我其实连哈佛和耶鲁都申请到了，但是因为只有苏格兰的学校给了我全额奖学金，所以我选择去苏格兰。”

“你是做什么研究的？”

“数学运算。”

“可你能拿到奖学金，肯定很厉害啊！”

“全世界懂数学运算的人太多了，你知道他们为什么要发奖学金给我吗？”男生笑了笑，告诉我一个诀窍，“因为我事先做了功课。申请学校的时候，我查了资料，得知下一届奥运会在伦敦举办，还查到奥运村就在我想申请的那所学校，所以我做了一个提案，内容是帮助他们的国家游泳代表队做数学运算，推测在不同条件下游泳选手的表现数据。”

“这样做真的有帮助吗？”

“有啊，比如说，我可以帮他们计算游泳选手穿什么材质的泳衣在水中受到的阻力最小，可以计算出不同的选手每分每秒的差距是多少，还包括不同的选手穿不同材质的泳衣会有什么样的差别……我推算出极为精准的数字，这些可能成为决定选手获胜的关键。”他告诉我，因为他热爱数学，也喜欢游泳，所以才会想出这个提案。

这个提案打动了苏格兰的学校，学校不但通过了他的博士申请，还愿意提供全额奖学金。

“即使是申请学校，也要多用点脑子，如果只是写贵校有多好，自己很想成为其中的一员，那么你很难在那么多申请人中脱颖而出。我觉得应该反过来想一想：学校为什么要收你？你能为学校贡献什么？我攻读的数学运算是十分精细的学科，就算今年无法帮他们的选手夺得优胜，下一届奥运会也有机会，所以这对他们来说很重要。”

很多时候，我们都以为成功的人是因为特别幸运，或是因为占有较多的资源，所以可以取得傲人的成绩。实际上，要想在众多精英中脱颖而出，必须比别人多想一步，而多想的这一步往往是一个人最后能够胜出、成就目标的关键。

我只是必须得努力

都市文明的层层高墙下，不变的只有变化本身。快速更迭的日子细如流水，却无从优雅。我们的马不停蹄可能并非完全出于自愿，可是如果不够努力，只怕不进则退的背后是万丈深渊……

我走在大学校园里，夏有梧桐秋有银杏，学校有名我无名，然而我走在文化中，我好像文化中的一员。

我走在CBD，高楼林立而寂然无声，人们西装革履谈吐优雅，我也西装革履谈吐优雅，我身处大中国的大城市的心脏，我是心脏中热血奔流的一滴。

我并没有钱，然而我拿着过万的工资，我便坦然地按着过万的收入分配消费：我走过百货商场，看着艾格、拉夏贝尔、圣迪奥这些大学时代买不起的牌子轻轻一笑嫌弃档次；然而我走过一楼安静的奢侈品时不动声色捏紧了荷包。

我站在黄金城市的黄金区域，做着这个黄金时代的黄金职业，我觉得自己和黄金融为一体，我是黄金的一员。

我过年回家，从飞机换高铁转长途，窗外的楼一路矮下去，最后坐上自己出身的县城的肮脏破旧的公交车，我忍不住高兴地觉得，我走出来了，真好，真有出息。

看看这里，落后，裙带关系横飞，公共设施脏乱，啊，这是我从前的故乡，如今不啻心中的深渊。

我走出了深渊，我自我感觉良好，我抽出一张清香的纸巾，我包好刚好嚼到没味道的口香糖，我在没人理会的分类垃圾桶前踌躇片刻，我自信地丢去“不可回收”的那一个。

我来自都市文明，我来自文明都市。

我孝顺，懂礼貌，我要让家人一同享受，我也要接他们去吃高级日料，带他们听歌剧，让某年会出生的一个幸福小生命住在学区房，三岁英语五岁钢琴。

然而联系我和这一切都市文明的唯一，不过一份工作而已。

当我停滞不前，当我及时行乐，我发现朝九晚五和白领高薪不可兼得，我不是我引以为傲的母校里唯一优秀的学生，新的人才被不断培养出来，新的血液不断注入，新的行业被不断创造出来，新的知识要不断学习，新的技能要跑着去掌握。

还没等年终奖到手，新建立的企业将广告撒满天下，我谋生的公司市场份额步步退缩，苟延残喘。我自诩为擅长的expertise成为明日黄花，行业内已无人再使用。

我失去了这个联系，我安慰自己，岁月静好现世安稳，山河犹在国泰民安，回家吧，让温馨平淡的隐居生活抚慰这道创伤。

我发现家乡没有能匹配我专业的工作，我发现那寥寥的几个公司开出的薪水是我从前一个月的房租，我想看的电影没有3D影院可以放映，我喜欢的歌手从不来这里开演唱会，我踩在马路上没走几步裤腿已经沾灰，我晚上肚子饿没有便利店在等着。

我过着柴米油盐自己有空做饭的日子，饭做好了我也摆到好看，我用着前年款的iphone拍了照片，我不屑用美图秀秀，我用PS加了康熙字典体，我也发朋友圈炫耀。

年岁到时我被热心的阿姨拉去相亲。我坐在桌前，看着对面靠家里关系拿到职位的年轻人志得意满地高谈阔论，我心中微微一笑，我想指出他的观点逻辑混乱，我想说出他的常识错误，我想和他一辩再辩，我想忍不住地聪敏，我是从前的学霸而今的知识女性。

他按灭了烟头，喊，服务员！菜怎么还没来？

我真诚地爱着这故乡，可以写出千百篇高考作文来歌颂；我也真诚地、不为人知地嫌弃着它，从空气到土地。

我卑鄙吗？我俗气吗？

我脆弱吗？我无能吗？

我勤奋聪明，我热爱学习，我用知识改变了命运。我知道genetics，我忍不下转基因的谣言碎语；我养成说你好、对不起、谢谢的习惯，我不愿意去插队占用老弱病残专座；我得益于良好的环境，我在良好的环境中成长为一个我满意的人。

环境是多么强大啊，同化一切！

我感激从前读书上进的日子，我怀念从前理性聪明的同事。

我要继续上进，我坚信我能继续出淤泥而不染。

多年之后我早晨起来对着镜子梳妆打扮，我出门上班，我看见公交前队伍如龙，我皱起眉头也上前奋力挤去，我到了单位和同事一起淘宝广东来的A货包包，一个男同事把一块钱的红包拆成20份，我连忙登录微信，我拿到了0.4元，我是手气最好。

深渊原来并非深渊，哪里有所谓深渊？争名逐利又如何？不过是生活细水如流，我大彻大悟，心满意足。

一抬头，见上面有个年轻姑娘在凝视着我，一脸书生气，目光怜悯又自得。

我以为这是我一个人的故事，原来它已有名字——“阶层流动”——而我的故事，不过是万万千千中平庸的一个。

我不是喜爱努力，我只是必须努力。我只是必须努力，并且每时每刻。

只有努力，才不会永远仰望别人

1

前几天，在一个公共群里，遇到了位作者，先前读过他的一些文章，深感敬佩。同样是“斜杠青年”，他能坚持一日更新好几篇文，逻辑清晰、干货满满，同时还参加各类宣讲领读活动，短短时间写下了几十万字，并出了书。

我激动地加了他的微信，顺利通过好友验证后，本想好好请教一番，但发了两个问题过去，对方却迟迟没有回应。

起初，以为他太忙，没有看到消息，可直到见他连发数条朋友圈后，我蓦地明白，他只是不愿回复我而已。

也许对他而言，我只是一个仰慕他的普通读者，层次不同，资源不对等，交谈便没有太大的必要。

有人问我，为什么自己的圈子总是不如其他人高大上？

我想，大概就是我们自己太过平凡，才会艳羡那类明明想要跻身进去，却又进不去的阶层。

我们希望向上攀登，与更高层次的人结交，殊不知，当我们没有足够的实力时，即使给了我们与强者相识的机会，也很难真正跨入那个圈子，要么是别人不肯接纳，要么是我们无力驾驭。

2

两年前，朋友豆包，向一位姑娘告白，不幸被拒，他没放弃，又坚持了很久，可结果依旧如初。

豆包很沮丧，为什么自己付出那么多，姑娘一点都不动心。

我说，“你有对比过你俩的情况吗？你学历一般，工作虽然稳定，但每个月也就四五千的收入，扣去房租能剩下多少？而女孩海外读了研，在一家上市企业，年薪至少十几万，又是本地人，你们悬殊这么大，人家凭什么看上你？”

豆包有些不满，“谁说都要看条件，难道就不能有真爱吗？”

我说，“真爱，向来讲究的是势均力敌、你情我愿，真正喜欢一个人，就一定要努力活成配得上她的模样。”

后来，豆包很少与我联系，我原以为他生气了，直至年初，再见到时，他整个人瘦了一圈，五官更显分明，眼神也不再像往日那般颓丧。

我才知道，他利用业余时间，去筹资，去盘店，与朋友合伙开起了主题餐厅，生意如火如荼。

他说，“你当时的那些话，就像当头棒喝，我清楚，自己配不上喜欢的姑娘，只是因为我可怜的自尊心，不愿意承认罢了。”

两年多来，豆包跑了许多城市，做市场分析，开发客户，原本的工作非但没有落下，还晋升了一级，空闲的时候，他会拉着女孩去试菜，自己也开始尝试不同的料理，为女孩准备便当。

我们玩笑说，豆包简直完成了屌丝到暖男的逆袭。

也许，当你拼命想要把自己塑造得更好时，生活也会渐渐变得更好。

豆包和女孩订婚了，他求婚时说，“我只想变成配得上你的模样。”

我们想要舒适安逸，总会有无数理由说服自己平庸一生；想要变好，同样也会有无数办法应对艰难，不过是你愿不愿意去做而已。

3

以前，我也喜欢过一个男孩，暗恋了很久，偷偷写了很多信，但总没有勇气寄出去。

有次，我假装无意间问起，“你喜欢什么样的女孩啊？”

他告诉我，“和自己差不多就行吧。”

那时的他，长得高瘦，笑起来很阳光，成绩总是年段前几，而我却截然相反，微胖短发，像个傻小妞，成绩也在中下游徘徊。

听完他简单的回答，我知道，他不可能喜欢我，因为我们差得不只是一点点。

后来，我暗暗下了决心，一定要成为和他一样的人，成为配得上他的人，于是，很努力地读书，拼命做题、背单词，希望能在毕业时，和他考上一样的高中。

就当我如愿以偿地上了重点高中时，他却去了另一座城市。

临别时，他问我，“小初，你怎么突然间变得这么厉害？”

我说，“我只是想配得上我喜欢的人。”

他笑了笑，我不知道这样的表白，他听懂了没有。

多年以后，我还时常打听他的境况，不想被他甩开太远，只是当我变成配得上他的模样时，他已经不再是我当初所喜欢的模样了。

当我们不停地向前奔跑，只要速度够快，终究是会赢过那些我们想要超越的人，而那些曾经看起来闪闪发光的人，一旦放弃了奔跑，也终究会化作一颗微小的尘埃，湮没在时光的长河里。

我们想要拥有好的生活，想要配得上值得的人，往往是因为我们还不够资格与其匹配，才会觉得它们遥不可及，当我们渐渐强大起来，有足够能力拥有时，一切便不再高不可攀。

4

这些年，我和身边的朋友，总会去找无数的事情把生活填满，参加培训、考证考研、学绘画、写文做分享、健身练瑜伽，我们不断地给自己施压，只是想看看，自己究竟能变得多好。

我不是一个聪明的人，毕业于普通大学，是因为考了重点高校的研究生，才有机会结交厉害的朋友；我并不在一线城市发展，原本的工作圈子也很窄，是因为跳了一次槽，后来又加班加点做出成绩，才调到现在的部门，得以接触更多前辈大神；我没有惊艳的才华，是熬夜写文，稿子被拒了一遍又一遍，又修改了无数遍，才渐渐遇到了些编辑，进入写作圈。

我们拼命折腾，付出比别人更多的时间和精力，无非是希望，遇见想要爱的人时，自己早已成为了配得上他的模样，有十足的底气去爱，也有勇气和信心，携手到地老天荒。

更是希望，在偌大的世界，可以遇见更多更优秀的人，能有资格和他们坐在一起，喝杯咖啡吃顿饭；有同样开阔的见识和视野，与他们肆意畅谈，不再被轻易拒绝。

曾经自卑过，但那又如何

1

可能很多人在少不更事的年纪，都因这样或那样的原因而自卑过。直到如今，我站在20岁的风口，我依然觉得自己是个不怎么好看，资质也一般的普通人。

可是这又有什么关系呢？我虽生来平庸，但我有一颗想要闪闪发光的心呀。

就连村上春树也自卑过："少年时代的我，始终为此有些自卑，觉得在这个世界上自己可谓特殊存在，别人理直气壮地拥有的东西，自己却没有。"

所以，自卑并不可怕，勇于承认自己的自卑，谁还没有个自卑的时候。我长得胖，是，我就是长得胖，你们说的也只是客观事实，没有什么好遮挡的（反正我的肉也挡不住）。

可我现在胖，不代表我一辈子胖，我胖不代表我读书不聪明，不代表我能力不强；我现在穷，不代表我以后也买不起高档品；我现在长得矮，不代表我一辈子就这么点高（你们忘了我才15），不代表我不可以隐形增高（内增高鞋垫、高跟鞋）。

2

小时候，并不知道什么叫自卑。只是跟小伙伴一起玩耍的时候，家长们聚在一起，对其他的小伙伴说的是：“哇，这皮肤超白皙哦，真的是吹弹可破；你们家的也不错呀，大长腿，美人胚子。

而到了我，却是：“你们家孩子好用功，以后肯定会上名牌大学，大学苗子。”那时，弄不清状况的我，心里却是美滋滋的呢，反正我也没输，我也被夸了呀。

记忆中，唯一一次有个叔叔夸我腿又长又直，还跟我爸说：“你家女儿以后肯定不用担心个子了。”当时我高兴惨了，连续好多年都每顿吃三碗饭，因为我不能因为没营养而耽误我长个呀。

可是随着年龄的增长，我发现同龄的伙伴们，都进入了青春期，经过了声音、生理的变化，个子也是猛长，但此时我才发现，我貌似就没经历过青春期，否则为什么我的身高没有一丝变化？

曾经独有的骄傲没了……

失去了美貌，我只有努力去学习、努力去写作。把自己心里埋藏的最深的话，通过文字的方式写出来。直到后来，上了个不错的大学，也可以靠文字来养活自己。

其实自卑谁都有，当你走过那段阴霾期，把你的注意力转移到其他地方，直至做得很优秀，你就会云淡风轻地说：“我也自卑过。”

当你发现身上有自卑点，不要一味地怨天尤人，怪苍天不公，怪父母没有摆好姿势造好你，而是要直面自卑。如果你的自卑点可以改变（如暴脾气），那就去抛弃它，如果改变不了，你完全可以在其他方面优秀呀，别人一样会投来羡慕的目光，你一样可以闪光。

3

高中的闺蜜大学有一半的生涯，都是在自卑中度过的。可能是巧合，她的三个室友个个都是小富二代，更关键的是个个肤白貌美、大长腿，更要命的是还个个都有才。

她的三个室友就属于那种“明明可以靠脸吃饭，却偏偏讨厌地跟你抢才华的饭碗”的人。而只有闺蜜是纯农村来的，无污染的，来自大自然的小土妞。闺蜜在上大学之前根本就不知道，什么水、乳、霜、隔离、粉底、腮红、睫毛膏是用来干吗的，直到上了大学才舍得下血本，买了一百元一瓶的水乳，可她的室友却用的全是大牌，一瓶的价格可以抵她用几百年了。

其实三个室友家里有钱、长得漂亮对闺蜜的冲击力已经够大了，更关键的是她们还有才，一个是钢琴十级，一个是芭蕾舞拿过国家级大奖，还有一个是上大学前已经出过两本书了。

闺蜜前期的大学生活过得很惶恐，甚至不敢在宿舍多说几句话，因为她怕自己会被孤立、会被嘲笑、会被揭伤疤。自卑地度过两年的大学时光后，有次她无意地听了一次大学的励志演讲，她好像若有所悟。

大三刚开始她就开始规划自己的生活。闺蜜一直都很喜欢英语口语，但却因为大学的前两年，自己的极度自卑，就自我放弃，搁置了。后来她又重新拾起了她的兴趣，坚持每天早起，在室友们还在呼呼大睡时，就早已梳洗好，在走廊读了好几个小时的书。

由于底子比较好，再加上后天的努力，她可以完全胜任翻译的职务，大四实习时，她被一家外企聘用了。

如今她在澳大利亚生活，登山、冲浪、环球旅行，一家人过得太爽，曾经自卑、土里土气的灰姑娘再也不见了。半年前我们相聚，我见到的是温文尔雅、自信大方的她。

出身并不能决定你是否能成为强女人，自卑也不能成为你颓废和不求上进的理由。

4

我一直相信，上帝对每个人就是公平的，也许我没有她那么漂亮，但我聪明；也许我胖，但我人缘好；也许我腿短，但是我皮肤好。

人都是优缺互补的，不要因为自己的不足而一味自卑，你要相信你的身上肯定有独特的优点，给自己一点信心。

就像网络红人蔷薇大妈说的：这辈子，年轻时臀部和胸部让我自卑，现在却让我自豪，我现在知道了，这就是性感。

当你足够优秀时，你就会发现曾经让你自卑的点，那些根本不算什么。

当你可以坦诚地告诉别人，你曾经有多么渺小与自卑时，我想你已经足够优秀了。

愿我们都有那一天，也愿我们都成为更好的人。

不要轻易相信成功者的话

许多功成名就、飞黄腾达的人，最喜欢做的一件事就是跟别人分享他是怎么成功的。

所以，他们的人生经历会被写成一篇篇的故事，甚至成为书店里的励志书，一本一本都在告诉你，只要你照着这样的方式生活，你也有可能会成功哦！

有个女孩看到某女孩周游世界，出版了多少本书然后被某世界名校录取，就也要踌躇满志地通过旅游、写作来积累人生经历，放弃高考来追求名校。结果忙活了一圈，根本没有哪个出版社肯出她的书，也没有学校愿意录取她。结果她后来详细考证了一下名校女孩的背景资料，原来其父母为某地高官，想找单位出书一句话的事儿。

别人会成功不代表你也会成功，别人这样做成功了，并不代表你这样做也可以。

许多人喜欢用自己的成功经历教育你，要勇敢、要挑战、要坚持，好像成功只因为他们够勇敢、够坚持而已。可他们没说的是，这其中他们拥有多少资源，有多少条件，获得了多少帮助。

一位美国留学高中生朋友历经辛苦准备上斯坦福，同屋的室友每天穿着斯坦福的T恤，表示也要坚持上理想中的大学斯坦福。他们就约好一起努力。但是时间久了，他发现这哥们也不是很努力，每天四处玩，但总是说坚持就会胜利。最后俩人都上了斯坦福。留学高中生感慨，果然是坚持的力量啊！结果后来他才知道，什么坚持？他室友家里人是斯坦福的校董，全家都是斯坦福，闭着眼睛都能上。

而更多人因为失败了，也就没机会告诉你一个事实：不要轻易地挑战与坚持。成功者的坚持，叫坚定。失败者的坚持，叫顽固。

话都是成功的人在讲，你听他们说的话，你怎么不去听听失败者说了些什么？那些成功者所说的道理，难道就是什么真理吗？

之前朋友参加了一个新媒体培训讲座，题目是“如何在四线城市一个礼拜将微信账号粉丝刷到七万”。听者有五百多位。分享经验者运营一个商场公众账号，一个礼拜之内将粉丝数刷到了七万。他讲了无数经验，但是朋友发现并没有什么特别之处，讲座内容无外乎“在意读者”“专注用心”等老生常谈的话题。后来朋友私下打探了一下这个账号的“成功秘籍”，原来是商场经理下了行政命令，全商场集团的五千名员工必须关注和拉粉丝最少十个，实行任务配额与绩效考核制度。结果七万多粉丝就来了。朋友感慨：“原来是这样啊！”

所以，根本不是因为成功者做了什么事而成功，而是因为他们拥有充分的条件，所以才会成功。

Part 2

高贵之人，必做有意义的事

现在有很多年轻人都在寻找所谓的逆袭宝典。其实，治愈迷茫最根本的方式就是，坚持走下去，直到触开和自己灵魂相契的那扇门。

坚持下来，去做有意义的事

十年后，我终于接受了“两点之间直线最短”这个俗到家的道理。

还记得第一次在课堂上听数学老师讲到这里，正在埋头看小说的我，忍不住心底那丝小叛逆，低头悄悄和同桌说：“不对！他说的不对。”一张白纸之上，跃然着无数种可能，两点之间除了平淡乏味的直线，总还有更多新奇冒险的捷径，有待探索。何况，这个世界上有那么多未知的地方、奇妙的选项、别处的月光，我们为什么非要死循着一片海的方向，去追逐那些看起来差不多模样的潮浪?

我不想过那样的生活，不想日复一日，更不想在所谓的两点之间遗失个性。比起抵达终点，我更想彻底享受过程。所以在青春期最宝贵的时间里，我花费大量时间去读散书，交朋友，四处晃悠，在各种爱好里寻找安慰感。我学过跳舞，但只是皮毛，用来回忆说笑。我学过画画，但总计没超过三个月，最终画出的懒羊羊常被人误以为是灰太狼。我尝试在每种不同的生活方式里播种自己的心愿，可仅仅只是播种而已，之后的浇水、施肥、修剪都被我很快抛诸脑后，再不惦记。

上大学那年，我开始在杂志上写稿，当时和同在作者QQ群里的朋友L关系甚密。我们聊起梦想，谈起对未来的规划，我惊讶地发现，她竟然连最近五年的人生目标都已注明：去美国做交换生、每两年出一本书、在28岁之前争取拿下属于自己的电影版权。

“你呢？”

“我……我还不知道呢，走一步看一步吧。”

认知心理学中有一个著名的现象，叫作“证实性偏见”，即过于关注支持自己决策的信息，从而盲目认为，其他任何与之相悖的观点都是不可取的。对我来说，“坚持”及“专心致志”这两个词就是那戴着虚伪面具的悖论。对于生活，我向来都是这种随遇而安的态度。没有太大企图心，懒惰、拖延，朝三暮四开头，乱七八糟结尾，这些是常有的事。虽然偶尔会觉得这样做效率低进步慢，但转眼想想，即使慢悠悠走曲线也能收获其他空间里不同的美好风景，也就允许自己任性放肆了。

L恰恰和我截然相反。在她的世界里，没有三天打鱼两天晒网的松散，没有觉得艰难就轻易放弃的退缩，她对自己很严苛，下定决心要实现的目标，即便路途波折也要想办法达成。我认识她的那年，她在台湾读大学，中文系，平日里结课后还会到附近的咖啡馆里做义工，一边端着盘子听客人眉飞色舞侃大山，一面耐心记下那些桥段，等夜里回去再加工成有血有肉的短篇故事。好多次，在她的文字里，我都能感受到那些来自不同灵魂幻化出的情愫蝴蝶，扑通扑通，就飞进了人心里。

除却寒暑假，她大概坚持了八个月，文笔和脑洞在那段时间里迅速拔高了一个层次，由内而外生长的新鲜感，令她自己都觉得惊喜。

胡适说，生命本没有意义，你要能给它什么意义，它就有什么意义。与其终日冥想人生有何意义，不如试用此生做点有意义的事。

2012年12月31日，她给我留言，过了今天，她就要开始新生活了。我才得知，原来在我浑浑噩噩窝在宿舍里看韩剧、刷淘宝的间隙，L一心扑在雅思复习上，最终以7.0的成绩被学校保送去美国做交换生。如今想来，如果2012真有世界末日，那我们的结局也不能同日而语，想必她会在欣喜中安然迎接轮回，而我却要因为充满遗憾、不甘和对那些未曾达到的梦想喊冤叫屈而黯然飘荡于人世。

L去美国之后，我们的联系就很少了。她在继续忙着学习，我在继续忙着刷剧。我们的日常慢慢只能通过微博或朋友圈的形式来关心对方，彼此之间唯一的共通点，只剩下写字。不同的是，她日日都会在晚上休息前伏案写字，无论字数多少，就算是以练笔为目的，她也会泡杯热茶坐在那里任凭手指在键盘上翩然起舞。而我呢，每日泡在零食堆里，面对着空白的word瞬间退回到小学生做作业的拖延心理，恨不得蒙头睡下，有个神奇的哆啦A梦会帮我把脑中所想，直接以最华美的篇章铺陈在电脑上。

尽管如此，我还是不断以转移视线来安慰自己，瞧，你也不是没有努力呦。我去学化妆，在大家有模有样跟着老师给对方描眉的时候，我在一旁偷吃桌上的马卡龙。我去学播音，跟着舍友跑到教学楼下练习发声，早起了几天便发誓再也不背那讨厌的绕口令了。我去学摄影，背着相机终于找到片风景优美杂人又少的地方，却开始抱怨相机太重，压得我脖子酸痛。周而复始，恶性循环，从15岁到20岁中间，我像一个从来都没有长大过的小孩，总是心血来潮，总是很快厌倦。

不日前凌晨，L突然在微信上和我说，她的长篇小说终于要搬上大荧幕了。那一刻，我仿佛看到很多年前，一个表情倔强的女孩坐在咖啡厅里，看着窗外人来人往，手指忽上忽下，敲出了关于未来的所有蓝图。

我是真的替她开心。有句广告文案说得很妙，人生的每一种不甘，都将成为回甘。我非常庆幸在这后青春时代里，身边有这样一个朋友用亲身经历证明，两点之间直线最短的真实含义，可能并不是年少时我所理解的固守死板，也不是老师们口中斩钉截铁通往目的地的唯一方式，而是指出潜伏在时间里的最佳捷径——坚持。

不怕你爱好丰富，就怕你总在挖坑，又填不满。不怕你经历波折，就怕你总走弯路，忘记初心。不怕你迟钝不悟，就怕你总在说你曲线救国，最后，“国”也灭了，心也亡了。

现在有很多年轻人都在寻找所谓的逆袭宝典。其实，治愈迷茫最根本的方式就是，坚持走下去，直到触开和自己灵魂相契的那扇门。

你不够优秀，是因为做得太多

有个朋友给我留言，说生活总是忙碌。希拉里传记在桌上躺了很久，一直都没有看。想做的事和应该做的事总是那么矛盾。

没错，我们生活在一个混乱的年代。

每时每刻，无数琐事侵蚀着我们的生活。就在你打开这篇文章的时候，也许，你的客户又打进一个电话。那边的房租就要到期，下个月的英语考试近在眼前。淘宝、京东的购物节，又占据了你一个晚上。

一边奔波于眼前的苟且，一边梦想着远方的田野。而你的手机里，还躺着未曾追完的电视剧。周末的舞蹈班和演讲班，一样都不能落下。仿佛只有这样用力地生活，才是通往成功的唯一出路。

然而忙碌并没有让我们生活得更好，反而让一切更糟。大部分人的碌碌无为，并不是因为做得太少，而恰恰是因为做得太多。

最重要的事只有一件

我曾也是个忙忙碌碌的人，四处涉猎从不停息。工作中的完美主义让我如履薄冰，生怕一个不经意的纰漏，就会显示自己的无能。

直到多年后我才明白，很多我们孜孜以求的事情，其实并没有那么重要。著名的二八法则告诉我们，大部分人的主要成就，都来自于那些少数的重要事情。

我们部门去年招了一个新人，负责产品的采购计划和执行。然而没到两个月，她就提出了离职。原因是这份工作实在太累，她天天加班，已经没有了个人生活。

这个说法让我们惊讶不已。她的工作量其实并不大，又怎么会天天加班呢?

后来这份工作由一位管理培训生接手。他做起来轻松自如，毫不费力。

问起原因，他说，之前那个天天加班的人，是个吹毛求疵的完美主义，每一封非正式的邮件，都要反复推敲。这样事无巨细的工作方式，不累才怪。

而这位管理培训生，经过专业的考量和分析后，用大部分时间去做了一个项目。这个项目给公司节省了200万美金。他也因此获得了年度贡献奖。

优秀和平庸的差距，往往只在于一件事。优秀的人能把这一件事做好，而平庸的人做了太多事情却依然碌碌无为。

因为我们的时间和精力都是有限的。

成功的秘诀就在于一件事。你是否能把这件事情做好，决定了你能够走多远。肯德基做好了一份食谱，成了一家伟大的公司。乔布斯做好了一款手机，颠覆了这个时代的传播方式。

在这个混乱而充满诱惑的时代里，我们并不需要做太多。只需要做好一件事情，你就能找到撬动整个地球的支点。

想做的事太多，应该做的事也太多。然而最重要的事情永远只有一件。借用美国作家奥格·曼狄诺的一句名言：“一次只做一件事的人，才会领先于这个世界。”

多米诺骨牌的起点

我的前同事杨小姐，曾经是一位胖妞，感情和工作都不如意。2014年的春天，她只做了一件事情，那就是减肥。

从130斤减到100斤，然后意想不到的事情发生了。

由于体重的变化带来精神面貌的改变，她成功跳槽到一家跨国公司，做了自己想做的工作。紧接着遇见一位同样在跨国公司工作的男人，他们在一起了。

我的另一位朋友汤先生，曾经一度在人生的低谷。丢了工作，和女友分手，社交圈狭小，处处碰壁。越是如此，越是不甘心。当他混迹于各种俱乐部想要寻找新女友的时候，我给了他一个建议。

从此他不再混迹于俱乐部，也不再急着寻找新女友，而是全力以赴地开始做一件事情：工作。

如今，他已是一名高级项目经理，年薪40万，身边的女友亦是才貌双全。这就是多米诺骨牌效应。当你做成了一件事情之后，其他各种好事都会接连而来，人生就会有奇遇。

而我们所要做的，只是找到那个多米诺骨牌的起点，从这里开始，带动你的整个人生。

深圳的一个上班族，开了个微信公众号，在过去的一年里专心写文，积累了几十万粉丝。然而就凭这一件事情，她认识了很多人，获得很多机会，过上了自己想要的生活。

还有我的朋友小乙，在过去的15年里只培养了一个爱好，那就是跳舞。因为跳舞，他养成了出色的气质。因为跳舞，他成了公司的焦点。因为跳舞，他还成了一个舞蹈学校的股东。

给我一个支点，我就能撬起整个地球。

我越来越体会到这句话的含义。这不只是一个哲学命题，更是一个人生智慧。到处涉猎往往一事无成。做好一件事情，却能带你走向更宽阔的世界。

就像奇妙的多米诺骨牌，从一张小小的牌开始，带来的联动力量能够推倒整幢大楼。而你的那张牌，又在哪里？

做了这件事，其他的事都变得简单或不那么重要了

曾经有人反驳我说，她去年只做了一件事，那就是专心怀孕，

结果没有怀上，浪费了一年。

我笑，最重要的事只有一件，但也不能拉到篮子里就是菜啊。

于是有人问我，最重要的事情，究竟应该是哪一件？

我想，以下这些方法，也许能帮你找到最重要的那件事。

首先，这件事必须和你的人生宏图息息相关。如果只做一件事情，让你觉得自己没有白活，你会做哪件事情？

第二，这件事情有明确的描述。宽泛的画画、写作、旅行，并不能成为一件事情。还必须有明确的描述。

所以第二个问题是，如果你只做一件事情，能够成为一个旅行家，你会做哪件事情？

也许，你开了一个博客，专门写不同地方的美食以及人们对于食物的不同态度。这将会成为你的第一张多米诺骨牌。

第三，做了这件事，其他的事都变得简单或不那么重要了。

你去了很多城市旅行，悉心研究了不同地方的食物和风土人情。由于角度新颖，渐渐获得了一些关注。于是有人来聘请你做导游，有人请你给餐厅或旅行社写广告软文，还有人约你写一本关于旅行与美食的书。

你的业务越来越多，生活也越来越忙，渐渐地没有时间再写博客。那么，在这么多事情当中，只要做了哪件事情，就会让其他的事变得简单或不那么重要了？

博客是你的宣传平台，导游或软文只是一些额外收益，而写一本书，能让你有更多的成长。同时，书的内容还能转化成你的博客文章。于是，写好一本书，就成了那件最重要的事情。

这是一个普通人逆袭的故事。

也许隐含了光荣和梦想。也许还有一些不为人知的艰辛在里面。但是于万千事情之中，你总能找到最重要的那件。专心做好这件事，是成功的唯一法则。

人生太短，我们没有时间为太多不相干的事情分心。人生其实也挺长，足够你把一件事情做好。

不时地问问自己，只做哪一件事情，能够实现我的人生价值？只做哪一件事情，能够让我的工作获得提升？只做哪一件事情，能够让爱情升温，让家庭和睦？

纷杂世界里，并不需要做太多，只做一点点就好。不怀疑，不慌张，才能从容看世界到地老天荒。

闲置大脑，其实是在自我摧毁

日前，有评论认为，摧毁“自己”最辛辣的手段就是把大脑闲置起来。我们在进行一般的计算时，一台小小的计算器便为我们包揽了。

其实，这样的实例并不鲜见。

我们在做一个小小的方案的时候，总是不自觉地把手伸向键盘，以至于很多时候我们总是提笔忘字。

我们在写一份简单的总结报告的时候，总是习惯到百度上去“荡”，强大的搜索引擎为我们提供了成千上万个模板，“复制”、“粘贴”使我们所看到的文章总感觉是似曾相识，也使得领导的讲话越来越令人生厌——因为总是千篇一律。

这大概也是各种各样名目繁多的策划、中介公司得以日益兴隆的原因吧！

当然，闲置起来的不仅仅是大脑，还有我们的四肢和身体。

我们的皮肤越来越娇嫩。经不起一点点的冷空气和阳光灼晒，因为平时被厚厚的“霜”和“粉”以及这样那样的“油”和“液”包裹着。

我们的牙齿越来越不会咀嚼，因为制作精美的食物已经不需要我们的牙齿去切割、撕咬。

而我们的胃肠功能常常会发生紊乱，消化排泄系统也会时不时地闹点症候，它们已经容不得一点点的粗纤维去骚扰它们舒适安逸的状态了。

这使得我们的生活在越来越向西方发达国家靠拢的同时，我们的身体也在同时向他们看齐，这也就不难理解许多人开着车穿过两条街坐电梯上三楼在跑步机上狂奔的原因了！

我们正在摧毁“自己”，而且从个体已经蔓延到周边的生活、居住的环境，但我们却浑然不知。

放眼我们居住的城市：

一样的梧桐绿化树毫无生机地在街道两旁有序地排列着。只不过是有粗有细；

一样的摩天楼鳞次栉比，只不过是高矮不一；

一样的广场绿地芳草萋萋，只不过是不太整齐；

即便是到郊外踏青也是一样的小桥流水，这多少削减了我们到另一座城市游览的欲望，因为“直把他乡当故乡”，现代人不需要这样的情绪。

我们正在摧毁“自己”，我们正在越来越多地闲置我们自身的本能。

做无用之事，成有趣之人

给雪人起个名字

儿子松上初二了，那个周六暴雪，补习班临时停课。于是，他好不容易休息一天。他一会儿看看电视，一会儿打打游戏，一会儿又站起来去冰箱里倒酸奶，一会儿又从书柜里拿出一本世界名著。可以理解，对于难得浮生半日闲的苦学生来说，有如此一段任由自己打发的时光，他真的不知道该如何珍惜才好。

可是，最后，他居然对我说："我下楼买本练习册来做吧。"没等我反应过来，他就真的去楼下书店买回一本初二《数学冲刺100分》，把自己关在房间里做了起来。等到我做好午饭叫他时，发现他已经做了整整三章练习题。

第一次，他对学习的这种投入令我内心严重不安。

午饭时，我提议："松，下午咱们去看看爷爷奶奶吧。"

"他们病了吗？"

"没有。"

"那为什么要去看？"

我语塞。

“那，咱俩去海边看看雪天有没有海鸥。”

“多冷啊，感冒了怎么办？”

“你已经有整整一年时间没去海边了。”

“那又怎么样？有些人一辈子都没见过海。”

我心塞。

“好不容易休息一天，你不会全拿来学习吧？”

“不学习我还能干啥？再说，我学习你怎么还反对呢？”

放下碗筷，他回自己房间了。百无聊赖的我收拾停当后，给儿子泡了杯绿茶，并有心地放了几朵茉莉花，端给松。他头也不抬地将茶一饮而尽，显然，他没有看到那几朵花儿，等意识到吐了出来时，已经是残花儿，像早夭的青春。

我强行将他的练习册夺走，拉着他去了劳动公园，请求他帮我堆一个雪人。整个过程，他一直在抱怨：“感冒了怎么办？”“雪这么散，怎么能堆起来？”“拿什么给它当眼睛？”“我鞋都湿透了……”“我想回家了。”

我全然不理会他的抱怨，指挥他干这做那，最后，当一个倒立的小雪人出现在眼前时，他自己都惊呆了。尤其是越来越多的路人开始跟我们的雪人合影时，他沉睡的童心终于苏醒了那么一点点：“妈，咱给它起个名字吧。”

“还是你来取吧。”我鼓励地看着他。

“叫李白吧。”松说完，哈哈大笑。

“要不，叫snowboy？”说完，他自己迅速地否定，“这名字太没内涵了。”

最后，他起了个非常自得的名字——派，圆周率的那个π。想想，他得多爱学习，才能给个雪人起个名都离不开课本啊。

那天，我俩跟雪人拍各种合影，剪刀手的、拥抱的、亲吻的、跳跃的，多种姿势……

晚上回到家里，他一边眉飞色舞地向加班回来的爸爸讲述我和他堆雪人的过程，一边让爸爸看我们拍的照片。是的，我已经很久没看到这少年如此神采飞扬了。最后，他说：“妈，我把堆雪人的事情写篇日记吧。”

我没有举双手赞成：“不用写，你把它存在脑子里就好了。”

少年，生活里的美不是任务，而是活着的目的。当两点一线的日子剥夺了你对这美的体察，那么，我领着你，慢慢来。

少年，你不必四平八稳

那个雪天之后，我将松周六的补习班停了。他很抗拒，我很坚持。事关原则，我目前还可以强得过他。

又一个周六，我们一家三口去海边捡石头。这曾是松小时候最爱的活动之一。捡着捡着，我从包里掏出事先准备好的馒头给松：“去喂海鸥吧。”无数的海鸥围着他盘旋、俯冲，直到他将四个馒头喂完，它们依然跟着他。“妈，你快看……”顺着他手指的方向，我看到一只顽皮的海鸥用单翅滑翔——那样子，简直呆萌极了。不一会儿，它又换了另外一只翅膀飞，引得大家哈哈大笑。

阳光、沙滩、海鸥、笑声，这才是少年该有的周末，不是吗？

我们捡了整整一上午，中午随便找了一家小饭馆吃了饭，然后马不停蹄地去美术用品超市里淘好看的画布。回到家里，我们用石头作画。松做得很认真，全部选取墨绿色的石头，粘出了一棵松树，并郑重地挂在他房间的墙上。

那天，他连晚饭都没吃就睡下了。只是睡得并不安稳，几次去他房间看他，他都在蹬被，还半梦半醒地对我说：“妈，腿疼。”

我一边给他按摩，一边在想：那个小时候放在海边、天黑也不肯回家的孩子哪里去了？那时的他，从来不知道累为何物。

接下来的暑假，班里大多数孩子都去了补习班，提前学习初三的课程，家家如临大敌。我却给松报了假期篮球训练营，在体育中心接受为期22天的全封闭式训练，不许家长探望，家长只能在他们训练时，从门口远远地看一下。

一个假期下来，他黑了瘦了许多，但整个眼神都活过来了，有了这个年纪该有的“愣瞪虎眼”。松兴高采烈地告诉我：“妈，我还跟人打架了。”我毫不惊诧：“一个男孩子没打过架，那还不白活了。”

然后，他告诉我为了一场至关重要的比赛，他跟队友发生了激烈的冲突，彼此打得鼻青脸肿，可是，在最后结束训练营时，两人却难舍难分。

此后，每到周末，他们就会相约一起去参加各种篮球比赛。看着他们穿戴得无比专业地走出家门，我知道，这样的友谊可能会绵延一辈子，这样的兄弟情义比他学业上的精进更珍贵。

松爸回家后，感慨地对我说：“你儿子在奥体中心打篮球，把我们单位的头儿打得落花流水。”是松爸另外一位同事认出了松，重要的是，当松知道对手是爸爸的上司时并没手软。松回来，我问他：“知道是爸爸的领导，还那么下手不留情。”他说：“球场上只有队友和对手，没有领导。况且，他那么大个人，我让他，他脸往哪里放？”

孩子，你终于变回了那只初生牛犊，一个可畏的后生，也有了校园之外的江湖，真好！

做无用之事，成有趣之人

初三啦，松的时间表像干海绵，老师告诉他们：“上厕所都给我带着小跑儿去。”

于是，我开始偷偷拖松的后腿儿——

在卫生间里，放了几本特意帮他淘来的闲书，《乔布斯传》《星球大战》系列……

那天晚自习，我向班主任谎称太奶奶病重（事实上，太奶奶已经去世三年了），把他叫了出来，带他去听张杰的演唱会。

偶尔淘两张电影票，放在他的书里。至于他跟谁去看，何时去看，从不过问。这个年纪，必须有点属于自己的秘密。

买回了最难养的海棠，交给松来照顾。从此，他每天百度着养海棠，百度不灵了，还得抽空去趟花市，跟卖花的人取经。

全市最好的桑拿店开业了，软磨硬泡让他拿出压岁钱，请我和他爸爸去体验了一次。我们还在里面吃了贵得离谱的自助餐。看着松一边心疼一边慷慨的样子，我心里有说不出的痛快。

……

整个初三，松的成绩一直稳定地保持在班级第九名的位置上。老师说："如果再合理利用一下时间，前五名没问题。"

我告诉松："你可以再退后几名的。"

松说："你怎么跟别的家长一点都不一样呢？我是不是你亲儿？"话是这样说的，脸上却全是幸福得意。看来，我是他幸福的后腿儿。

孩子，青春只有一次，既然青春留不住，我希望你打过架、逃过学、给女孩写过情书、为一场比赛的失败一个人在走空后的球场上默默哭过，也希望你这辈子最念念不忘的事情都发生在这个时间段里。是的，我希望，当你到了我这个年纪时，有旧可怀，有慨可感。更希望的，是你在应试教育里，在功利化的格式化下，学会忙里偷闲做一些无用的事，重要的是，将来成长为一个有趣的人。

而这些，总有一天你会懂的。

我期待着那一天，你会对我说：“谢谢你，妈妈。”

越是容易的事，就越是不能忽视

人们经常问我，在那六年里，我认识的很多人都没有成功，而我却成功了，我是怎么做到的呢？答案很简单：我觉得容易做的事情，他们觉得不去做更容易；我觉得很容易设定那些能够改变我人生的目标，他们觉得不设定更容易；我觉得阅读那些能影响我的思考和想法的书籍是很容易的，他们觉得不去阅读更容易；我觉得很容易去参加各种课程和讲座并与其他成功人士打成一片，他们说这也许真的不是那么重要。假如要我概括的话，我会说，我觉得容易做的事情，他们会觉得不去做更容易。六年之后，我成了百万富翁，他们仍然在责怪经济、政府和公司政策，然而他们却忽视了去做基础的、容易做的事情。

事实上，大多数人没能做到他们能够和应该做到的那么好的主要原因可以归纳为一个词：忽视。

不是缺钱——银行有的是钱；不是缺机会——美国以及大多数国家不断地提供在有记录的6000年历史中最空前的和丰富的机会；不是缺书——图书馆全是书，而且都是免费借阅的；也不是学校问题——教室里全是好教师，我们有大量的牧师、导师、辅导师和顾问。

让我们变得富有、强大和充满经验所需要的一切，全都在我们触手可及的范围之内。为什么很少能有人充分利用自己所拥有的一切的主要原因就是忽视。

忽视就像一种传染病，如果任其发展，它会感染我们的整个纪律系统，最终会完全击垮一个潜在的充满快乐和繁荣的人生。

不去做我们知道应该做的事情，会让我们感到内疚，而内疚会侵蚀我们的自信。随着我们的自信的下降，我们的活动程度也会下降。而随着我们的活动度下降，我们的结果也就不可避免地下降。当我们的结果受到影响时，我们的态度就会开始减弱。而随着我们的态度从积极慢慢地转为消极，我们的自信就会愈加下降，如此不断地恶性循环下去。

因此，我建议，如果要在“容易做”和“不做更容易”之间做选择，最好是不要忽视去做那些简单的、基础的、“容易的”，但却有可能是改变人生的活动。

作为乌龟，你只有努力奔跑

1

每个人成长的经历中，或多或少都曾被自卑的情绪所笼罩。我自己就是一个一直纠缠于失败者情结的人。

小时候因为胖，上体育课时我总在同学面前抬不起头。搬到大城市，因为口音以及内向的性格，我成了全班男生的出气筒。高中进到全省理科实验班，我才知道有些学霸的智商是自己一辈子都无法企及的。初到美国，我被身边的同学认为是来自第三世界国家的乡巴佬。混进世界名校，看到身边一大波牛人，我顿时陷入了平庸的沮丧。好不容易挤到纽约华尔街，看到那些从名校中选出的精英，我才开始面对自己综合能力的缺失……

就像恩师在我去斯坦福大学念书时赠我的那句话："到了那儿，不用指望成为牛人，但至少你能看到牛人在做什么，这就足够了。"对乌龟来讲，兔子存在的意义在于让它知道这世界还有兔子的存在，以及兔子跑得有多快。

兔子的存在，能够让乌龟直面"自己就是一只乌龟"这个事实。有勇气面对真实的自己，才能准确定位自己的位置，也才能冷静地思考最适合自己的人生规划。

2

在日本动画片《灌篮高手》中，当樱木花道完成两万球的训练后，他才知道流川枫有多厉害。因为在一次比赛中，他看到流川枫的一个中投，那个起跳，那个姿势，那个弧线，竟然是他想象中最完美的画面。樱木花道很生气，但又不甘心，

安西教练对他说："你应该好好盯着流川枫的姿势，并尽可能模仿他，然后用三倍于他的时间和精力来训练。这样，你才有可能在高中阶段超越他。"

流川枫是那只兔子，幸运的是，樱木花道大概也是。樱木花道是个天才，他尚且如此，而你，可能只是木暮。

那么，我们能做什么呢？

如果你不是一个绝对的笨蛋，又愿意努力，那请你参考安西教练的话：盯着那只兔子的每一个动作，能学多少学多少，然后以三倍于他的训练量来训练。

兔子一定会打盹的，即使是厉害的牛顿，30岁之后也再无建树；也不是每个像科比一样的天才，都能知道洛杉矶凌晨4点的样子；你知道洛克·李吗？《火影忍者》里面那个相信笨鸟先飞的热血少年，他说，努力的天才也是天才。

勤奋，可能是这个世界上最被高估的美德。但是对一个毫无天赋的人来讲，可以依仗的也就只有勤奋了。

如此，即便还是追不上兔子，你也可以是乌龟里跑得最快的那一只。

做自己喜欢并擅长的事

我有一个朋友，是位非常著名的律师。之所以当律师，只因为这是一个非常受人尊敬的职业，同时收入也非常高。他做了许多年，感觉越做越累，身心疲惫，就想不干了。但他们住的大房子房贷还没还清，家里还有要上大学的孩子，于是有很多犹豫和纠结。因为不干意味着全家要从一个高档、舒适的别墅搬出来，从此要精打细算过日子，还意味着家庭收入不稳定，意味着孩子要自己打工赚学费……

对他来说，辞职让未来充满了极大的不确定性，但他真是干够了，干烦了，想离开了。

当他把想法告诉太太后，她非常恐慌，坚决反对。孩子听了也很不高兴，问他，你难道就不能再坚持几年吗？

他对家人说，我可以不辞职，但你们会每天跟一个疲惫不堪、很不开心的人在一起。

爱人和孩子在无奈中接受了他的选择。他最终选择离职去当作家。房子比以前小了很多，收入比以前少了很多，生活比以前也简单了很多，但是，他去医院的次数少了很多，脾气好了很多，内心比以前充实、快乐了很多。

他失去的都是别人看得到的，但得到的都是别人看不到的。日子过得好不好，内心是不是充实和满足，只有自己知道，对他而言，真正属于自己的生命开始了。

又比如我。我出生在一个医学世家，和许多中国式父母一样，我的父母对优秀的定义是：考个好大学，然后读硕士、读博士，做博士后，有一份不论世事怎样变化，都不会影响收入的工作。所以，医生是他们眼中的最好选择。

17岁的我，不知如何为自己选择未来，就随了父母的愿，学了医科。在医学领域的求学、行医和研究，一待就是20年。一路走来，一直有逆水行舟之感。除了辛苦就是疲惫。

从小，老师家长教育我的是“学海无涯苦作舟”“吃得苦中苦，方为人上人”。可我心底常常有个声音：不能这样过一辈子。能不能把业余时间喜欢做的事情变成一种职业？什么是我喜欢做的事？就是倒贴钱、倒贴时间、倒贴精力都愿意做的事。

我业余时间最爱干的事就是看心理学方面的书，帮人家解决各种关系和情绪问题。于是，顶着家人的强烈反对和抗议，顶着朋友们的嘲笑和各种不看好，冒着日后找不到工作的危险，我借了一大笔钱，在38岁那年，从零开始进入心理学领域。

一进学校开始学习，我就感到无比快乐。我就发现“学海无涯苦作舟”的说法太坑人了——苦是因为你学着自己不想学的东西。当你学习自己想学的东西时，感觉应该是如饥似渴。

还有，“吃得苦中苦，方为人上人”的说法，也根本不靠谱。如果你把既定的目标当作人生的全部，要拿功名利禄与人攀比，自然会苦，因为有太多的不甘不愿，有悖初心。

苦，从来不是因为身体累，而是违背了心愿。做自己不喜欢、不擅长的事情，不苦才怪。

转行至今已近16年，我感受到的是从心而发的充实，每天都有新的发现和喜悦。

当一个人做一件自己喜欢和擅长的事时，就会做好，做好了就会成为优秀人才，甚至稀缺人才。最关键的是，每天都会感到充实和快乐。生命不再是拼命赶到一个山顶，又匆匆忙忙进攻下一个山顶，而是会变成一路风景，每段风景都有各自的美妙。

我只是想沸腾地活着

健身房的一位大姐，今年46岁，孩子都上大学了。刚进健身房的时候，她腰粗臀塌，尴尬地给我看裤腰边挤出的“游泳圈”。

后来，她找了个私教，开始虐身又虐心地训练。每天跑步两个小时，外加力量训练，一点点地增加哑铃、杠铃和其他器械的重量，即使在教练规定的休息日也坚持去做普拉提。和她一起训练的年轻人已经在器械区累得不行，她站起身抹一把汗，淡定地说声，“明天继续来，不见不散哈！”

不到两个月的时间，她练出了四块腹肌和紧实的臀部，被所有健身房的人膜拜为“励志偶像”。

我问她：“为什么要这样练？”她说：“一定要在更年期到来之前拍一张最美的照片，证明自己没白活过这一场。”

我们有时候聊到年龄，大姐说：“年龄怎么了？也许对其他人来说，年龄就是年龄，甚至是老了的标志。但我现在想通了，年龄不过是一个数字，不能阻碍你去做任何事情。”

每天在跑步机上看到大姐在旁边跑步，我都深觉无与伦比的振奋和昂扬。或许她走在路上，别人只看见她轻快有力的步态、恰到好处的衣装、神采奕奕的面容，但只有她自己知道，每一个汗水一滴滴流过脸颊、浸透衣衫的时刻是如何度过的。

原来，每一个年龄都可以活得精彩热烈，每一天都能让人生从内而外地发生改变。

诗人Mary Oliver曾说：“告诉我，你打算如何对待你仅此一次的、自由而珍贵的生命？”

最近，我反复地问自己这样的问题。在每一个懒惰、懈怠、无所事事的时候，我常常忘记自己拥有的每一个今天都是不可多得的一天。

人生仅此一次，有千千万万种活法，根本无从判定哪一种活法更自足和幸福。只是，我和这位大姐一样，想步履轻盈地活着，所以跑步、减肥、塑身，在锻炼身体的同时，一点一点地锤炼自己的精神，直到它坚不可摧，直到它精致深邃。

健身房还有一位50多岁的阿姨，老是动员我周末和她一起参加户外活动。作为一个宅女，我终于下定决心去了一次。旅游大巴停下，阿姨一上车便轻车熟路地拿出了靠枕，调整舒服的姿势坐下后与导游聊天。我才知道，她几乎每个周末都去参加驴友们的户外活动，有在本城市的登山观海、绕山徒步，每逢较长的假日还出游去往更远的景点。

在历数了自己的几次户外徒步经历后，导游称赞她：“没想到您在这个年纪，体力还这么好！”她爽朗地大笑：“那是因为我几乎每天都去健身房运动啊，比广场舞的运动强度可大多了。”

聊起平时的生活，她说：“虽然到了我这个年龄，但是家庭啊、子女啊、孙子啊，并不是生活的全部。”即便她已经50多岁，仍然热爱着每一个在健身房里挥汗如雨的时刻，也热爱着在工作之余的节假日里暂别丈夫和孩子、打包行囊走向万水千山的时刻。

坐在她的身旁，看着她流光熠熠的双眼和紧俏匀称的身材，让我觉得就连她眼角的皱纹和手背上的斑点都变得那么美丽。那真是我所见过的对于“老去”最好的诠释。

她在那些唠叨着子女迟迟不肯嫁娶，害自己年岁已大还抱不上孙子的同龄人中那样“另类”，因为她时时刻刻保持着好奇的双眼，在有机会有条件远走的时候，从未放弃对大千世界的探寻。她热爱和家人一起度过的温馨午后，也从未放弃拄着登山杖去看一场山顶的壮阔日出。多少人的生活里只有柴米和酱醋，她却一直一直，走向山川与河流。

工作之后，我一下胖了十斤，与身体一起变得沉重臃肿的，还有自己的心态。上学读书时的精气神一下子被稳定平淡的生活打败了，我甚至忘了曾经的许诺、期望、冒险的勇气、丰盛的理想。

回想自己这些年的成长历程，最怕的就是陷入一种“得过且过”的状态。纵容自己的食欲之后，就是心安理得于懒惰；抱着

“差不多就行了”的心态对待考试之后，就是抱着同样的心态对待工作乃至整个人生。

我的很多朋友，在繁忙的工作之余坚持充电，或者随时开启一项新的技能学习。充电或许是为了更快的职场晋升，技能学习却是为了让生活时刻保持一股新鲜又热情的劲头儿。他们在下班后去学习另一种语言，在周末参加极限运动，不断探索新的领域，不断尝试新的内容，好像一直过着饱满充实的生活状态。

很多时候，这些看起来似乎无用的小事，赋予生活的，却是实实在在的勇气和热情。因为这其中，不仅需要重新开始的决心，还需要挑战自我、坚持下去的意志。每一个心绪的波折，每一个流汗的瞬间，都是意志力的积累和人生观的锤炼。

这些小事，对健身房大姐来说，是日复一日去健身房打卡、严格管理自己的体重；对健身房阿姨来说，是和比她年轻30岁的小伙子们一起，徒步绕行大山大河；对我的一些朋友来说，是攀岩、学外语、做业余翻译，甚至是主动加班——在他们无比热爱的岗位上多守一个小时，不是旁人眼里的辛苦和负担，却是自己心底的充实与满足。

人生多么短暂，就打活到80岁来算，以我们的年龄，已经活了超过四分之一的里程。剩下不到四分之三的光阴里，比起得过且过，我还是想更用尽全力地活着。除了继续跑步、运动、读书、写字，还要去真挚热烈地爱一个人、去体验千千万万种精彩、去记录每一个美丽动人的瞬间，去将一个个日子过成平淡中自有精彩的诗篇。

我其实还有别的奢望——不想被迅速老去的年龄和纷纷扬扬下落的时间打败，不想被冷冰冰的现实和繁复冗杂的世俗打败，所以要笑得最热烈，活得也同样热烈。

我相信，如果这样，一个人永远也不会老去，至少灵魂不会。

只有努力，是远远不够的。

你的世界不应有“安逸”二字

有个做猎头的朋友给我说了件事：

她有一个远房表哥，大学毕业就在一家发展势头很好的国企做行政工作，做到中层时，这家国企居然裁员了，而表哥身为部门的骨干，第一批就被裁掉了。裁员也就罢了，可这一时期正好赶上他的女儿幼升小、家里老人生病，老婆又长期在家没工作，原本和乐安稳的小日子瞬间坍塌。表哥向她求助，先做简历，再聊聊可能的就业机会和职业规划。

朋友对我说，这件事既在情理之外，又在预料之中。这并不是那家国企近年来的第一次裁员，随着市场情况的变化，裁员的计划在几年前就开始实施了，只不过那时只是裁掉了外围的员工，中层裁员的说法尽管一直都有，谁也没当真。

从朋友的专业角度来看，她表哥被裁掉是再正常不过的思路：表哥的工作技能门槛很低，并非不可替代，又因为他是中层，工资福利一直比较高，所以拿掉他换成一个成本低很多的员工，是件挺划算的事。

唏嘘之后，我俩又讨论说，这事是坏事，也是好事。好就好在，尽管她表哥从未换过工作，但他正处于年富力强的时期，这个年龄转型还来得及。表哥这两年为了职称和内部升迁的需要，英语一直没落下，还考了个PMP（项目管理专业人士资格认证）证和兼职MBA（工商管理硕士），只要他能摆正心态，重回劳务市场参与竞争，并不会有太大问题，只不过不可能再像以前那样舒服了而已。

表哥自己也慢慢想开了，庆幸这事发生在他30多岁的时候，要是四五十岁时才碰上这种事，他会更加进退两难。

在我们的社会，除了好工作、次一点的工作之外，还有一种叫作“稳定”的工作。你说它好吧，其实也没啥意思；你说它不好吧，它却很稳定。

年轻人往往对稳定的工作举棋不定，而长辈都很喜欢稳定。

我一位师弟的前女友分手的理由竟然是，她的父母认为他在私人律师事务所当律师“不够稳定”，希望他能进法院工作，并表示他们可以托关系想办法。这其中的逻辑让师弟很郁闷：在私人律师事务所凭实力挣钱被视为“不优秀”，非要托关系拿铁饭碗才值得托付?

这种情况并非个例，前一阵还有新闻报道，中石油对应届生裁员，一名刚入职就被裁的毕业生的女友提出分手，理由是“他不再有稳定的工作”了。

这些真实鲜活的例子背后，是无数中国父母热衷追求的职业目标——稳定。如果你是一个女生，从别人嘴里听到这个词的概率会更高。

不幸的是，无论是“稳定”的工作还是“安全”的饭碗，都是存在于大家头脑中美好的愿景而已。世界上没有一份绝对安全、绝对稳定的工作，这是我从小就学到的道理。

我自己的家人及父母的朋友就经历过国企转型和部委改革的阵痛。几十年的铁饭碗一夜之间被打破，我亲眼看到许多兢兢业业工作的叔叔阿姨抑制不住地哭了，因为比没有工作更可怕的就是失去一份工作。

人们追求“安全感”的原因是规避风险、害怕损失，可实际上，往往越担心损失，损失就越多。

首先，行业的趋势是在不断变化的，今天的低风险行业，到了明天就可能变成高风险行业。比如随着人们对新能源的重视以及新能源利用技术的开发，原本吃香的石油行业可能会衰落；再比如在限制了房地产的发展后，原本兴隆蓬勃的钢铁行业也会相应地萎缩。这些行业的变迁，都是我们很难提前预测的。

其次，低能力风险，一个人真正的进步和成长，是需要挑战自己的舒适区的。许多人选择安全行业的原因，恰恰是因为那里人浮于事，待着会比较“舒服”。舒服着、舒服着，就丧失了斗志，也丧失了快速反应的学习能力，这种能力的丧失，造就了在就业市场上迁移能力的薄弱。

最后，是高退出成本。一个小公司的程序员在劳务市场上很容易再找到新工作，巨型企业的员工却很难再就业。因为巨型企业的职务都是非常细分、非常特定的，许多员工的工作都是为了适应独特的企业文化或流程而定制的，辞职后找工作并不容易，改行更是难上加难。

所谓的风险，就是那些无法控制、可能会发生的危机。一个人的职业风险，很难依靠理性地选择行业和企业来规避，因为你永远无法预测未来，也不可能揣度国家的经济走势和政策导向。

政府可以改革，国企需要转型，大外企会被并购，小企业可能迁移……如果你以为某个职业、某个工作有多么多么稳定，只能说你的见识和经历都太少了。

真正的危险就是把希望寄托在别人身上，自己却丧失了前进的能力。问题的核心在于，依靠别人的变数比依靠自己的变数要大得多：依靠家庭的，可能会因为家庭变故而重新背负重担；依靠单位的，可能会因为社会的变动而遭遇洗牌。

到那时候你才会明白：这个世界上只有一种安全，那就是你的技能和在任何环境下迅速适应崛起的能力。只有具备了这种能力，才有可能拥有真正的安全。

你可以出于爱好去做一份工作，也可以出于野心去做一份工作，或只为实现自己的事业只做一件事情，但绝对不要因为好吃懒做而去做一份看上去简单而容易的工作。如果你是一个女生，而你的家人希望你找一份“稳定”的工作，那么你至少要保证这份工作是你喜欢且愿意为之学些东西的，这样在稳定之余，你至少不会废掉，还能因为内心的喜爱而专注地研究和学习。

如果你还年轻，那就不要在最有能力奋斗的阶段选择安逸，否则你就会把自己置于不可知的未来洪流当中。

Part 3

高贵生活，不应向将就妥协

哪怕不能抵达所有的最好，
相信我，在你追求的路上，
就已经体验了最好的人生。是的，
我永远不会向世俗或者别人妥协。

我拒绝过将就的生活

1

前几天和朋友吃饭，回程的路上聊起我们的父母，有一个共同感受就是，上一代人习惯了凑合过日子。

朋友说她小时候和妈妈去旅行，从来不给好好吃顿饭，每次都是面包火腿肠凑合一顿。

有一次她们去杭州玩，沿着西湖走了半圈，走得饥肠辘辘，大汗淋漓，然后妈妈带着她到一家餐厅里面吹空调。凉快了一会之后，妈妈提议到外面随便买点面包吃，朋友耍赖不肯走，说来了西湖不吃西湖醋鱼算什么？

我听了哈哈大笑。我小时候何尝不是这样，毛巾用坏了，我要求换新的，我妈会说，凑合凑合吧。我初中的时候就自己去买衣服了，因为每次我妈陪我买衣服，逛遍整个县城都挑不到我喜欢的，我妈每次都特别恼火，说你怎么这么挑剔，凑合一下不行吗？！

不行。

我就是要看到喜欢的才买。

我从小就是那种不凑合的小孩。

六七岁的时候，家人每天派我去买早餐，我站在油条铺子跟前，一定要等最新鲜的出锅。卖油条的阿姨看我年纪小，想拿剩的糊弄我，我坚决不要。她觉得没面子，跟旁边的人说，这小丫头好难讲话。

小时候家人带我去买东西，无论是玩具还是学习用品，我看中的一定是最好的。如果让我选个便宜些的代替，我就不要了。宁愿不买。

高考那年考砸了，还是坚定地报考北京的学校，考不上就复读，我坚决不要去个不喜欢的城市。结果还好，数学没考及格竟然也上重点大学了。

工作了之后，哪怕月薪低点，我还是愿意花多点钱租个一居室，也不要跟人无止境地合租下去。钱不够用再想办法做兼职赚到，一个人如果不按照想法去活，迟早会按活法去想。

2

二十七八的时候，如果你还没结婚，所有人都说你别太挑，等30就更不好找了，你不知道北京剩女比剩男多吗？80%的婚姻都是凑合过日子。

但我偏不随便结婚就因为年纪不小。

我知道我想要的东西太稀少而珍贵，但是我绝不凑合，我哪怕孤独终老，也不要把生命浪费在不喜欢的人身上。在我看来，所有不快乐的婚姻都是耍流氓。

我不喜欢挤公交，因为太浪费时间。我很穷的时候出门也尽量打车，因为我省下来的时间用来读书学习提升自己，或者做点兼职卖点产品，或者看场电影发个呆，一定都比打车那点花费要值钱。

我认识我家吕同学之后，发现我俩不凑合的劲儿挺相似。

北京的车牌要摇号，中签率只有千分之几。几年前他摇到了车牌，大多数人都建议他放弃，因为他没什么钱，他还没买房子，买什么车啊。人们都说，车是消耗品，应该先买房再买车。

但是他毫不犹豫买了车，而且没有像别人建议的“随便买个二手的”，他买了他小时候就喜欢的那款车，他说车牌号这么珍贵我为什么要放弃，没有买房子为什么就不能买车，既然买了为什么不买自己喜欢的。

总之就是三个字：不凑合。

去年我俩去看房子，算了算手头的钱只够郊区一套小房子的首付。中介带我们看了几套二手房，我们都不太满意。最后看了一个新开的楼盘，一平方米的价格比周围小区贵好几千。我俩当下毫不犹豫就拍板决定了，付了定金。

吕同学比我还高兴，说虽然比周围小区贵，但是这个房子符合他所有的要求：新楼盘，绿化好，物业好，人车分流，朝南三居。

后来证明我俩眼光不错，周围小区房价纹丝不动，我们买的那个小区一平方米又涨了好几千。

我有次开玩笑问他，如果你没遇到我会怎样？

他说，“哪怕等到40岁也要找到自己特别喜欢的人才结婚。”

他身边经常有人看到他时时刻刻给我发微信联系，都会半开玩笑问他，“和你老婆还有那么多话聊？我和我老婆都没话说，年纪到了就结婚了，结婚之后生活更没什么意思。”

是的，因为你的感情是凑合，就别质疑别人的婚姻为什么和你不一样。

3

很多姑娘问我，二十六七岁了，要不要凑合找个人嫁了，我都特别诧异。人生那么短，可以肆意挥洒的年轻时光更短暂，为什么年纪轻轻就要凑合？

当你压抑着自己真正所爱，凑合着接受了“退而求其次”，你一定不甘心，那种痛苦和遗憾，一定会在很多个深夜吞噬着你。一旦有外界的刺激，你一定会做出更疯狂的事情来报复凑合的自己。

无论何时，我都相信自己值得最好，最好的食物，最好的衣服，最好的事业，最好的爱人，最好的朋友，最好的读者。

当你相信自己值得最好，就会召唤你内心所有的力量去实现，去完成。

哪怕不能抵达所有的最好，相信我，在你全力以赴去追求的路上，就已经体验了最好的人生。

是的，我永远不会向世俗或者别人妥协。

我拒绝过凑合的人生。

你原本可以选择自己想要的生活

大学时期，我有过很长一段时间，不明确自己的方向和目标。交不一样的朋友，和很多人相处。那时候我觉得，多交一些朋友都是好的，朋友是谁不重要，数量多就好，数量多就意味着你的生活丰富吧。

有能够一起吃三餐的室友，能有一起学习的看书的学霸朋友，能有一起玩桌游的社团团员。我以为只要在自己闲暇的时间里，和别人待在一起，那就是好的，无论那些人是谁，是什么样的人。

后来我的人生变成了这样：他们说今天去吃烧烤去唱歌，想要我也去参加。有很多次，我不想去，却又不敢拒绝，于是只好坐在一旁一遍一遍欣赏他们的歌喉和吃我并不喜欢的烧烤，一顿饭花掉几个小时的时间和很多无聊的情绪。常常结束之后觉得我这几个小时什么都没有得到，既没有觉得开心，甚至还觉得有点后悔。随着和他们待在一起的时间越来越长，这样的社交变得越来越多，我认识的人也越来越多，可我却觉得越来越没意思。

随着时间变长，你会发现他们和你相处的大量时间，都变成了对生活不顺的吐槽。常常因为做不来一件事，聊天就变成了充满压力的负能量，又常常因为不想做一件事，而抱怨这个世界的规则。“考试真难啊”“又要挂科了”“作业写不出来”“生活费又快花光了”“又长胖了”“谁谁谁生活作风不正常”“哪个女生又换了男朋友”“快要毕业了工作找不到”，各种心塞各种烦。你会发现这样的聊天内容像一朵云一样扩散，每个人都在应声附和，对啊对啊，我也是我也是，生活就是如此啊。

你甚至不能在他们抱怨生活有多么不顺的时候，说我自己觉得这个世界挺好。不能在他们觉得世界都在给他们穿小鞋的时候，分析其实这个是他们自己的错误。因为在他们眼里，你就是他们用来倾诉的对象，你必须表示你有同感才行，哪怕这个能量是负的，你也要跟着说对啊世界就是这么无奈，这样你们的感情才能成为所谓的友谊。

渐渐地，我的理想像冰块，慢慢地被他们融化了，我开始陷入了和他们一样的抱怨之中，甚至在不断降低自己的要求，就为了能让自己感觉更舒适，不断地放弃自己的选择。我的热情也被消耗了，我做什么事都开始追求“安逸”两个字，我没有了对我自己想要的人生的想象，我开始觉得，我以前想要的一切，在他们口中就是难，我付出的太多，在他们眼里变成了累，我的追求的热情在他们的影响下渐渐无影无踪。

直到后来我的生活中出现了一些真正能够照亮我的人。我发现，我明明可以选择更加有能量并且拥有我喜欢的生活方式的朋友。我在一个讲座上认识了个口语特别好的男生，于是我们聊得非常开心，我们交流了很多学英语不一样的方式，我发现我们爱看的美剧口味也十分相似。于是我们不知不觉聊了很久很久的美剧和电影，还有喜欢的外国文化。

再后来，他介绍了他的一个女生朋友给我认识，女生十分热爱生活，并且很喜欢健身。本来我并不喜欢晨跑，在她的带动下我居然也觉得晨跑没那么困难，并且有了个人监督我，以往我不想去健身房的借口都消失得无影无踪。

我推掉了和之前那些朋友去电玩城的活动，和这两个朋友去了交流会，几个小时里我却和旁边的人聊得格外开心。我从未感觉到时间过得那么快，那么充实，并且结束之后居然还有无穷无尽可以回味的快乐。我喜欢美食，但并不是一群人在夜市叫一箱啤酒吃着烧烤，也不是在寝室和别人懒得出门叫的KFC宅急送。明明可以和朋友见面时选在那些传说口味不错的餐厅，喝好喝的咖啡，吃喜欢的下午茶，一边聊最近的见闻，一边尝试新的菜系，总能收获不少惊喜。

认识新的朋友以后，我们常常在很好的天气里，一起在外面的草地上晒太阳，或者去书店买两本书，看完了交流自己的看法，或者去健身房出两个小时的汗，或者约同样喜欢打球的朋友出来练练球技。我其实也很喜欢聊天，很喜欢出门。但是比起聊生活有多么值得抱怨，或者别人的人生有多么能够吐槽，也许我更喜欢的是听另外那些朋友最近认识了什么样有意思的人，过着什么样的充实生活，遇到了什么样的事又长了见识。比起和之前的朋友晚上出门唱K喝酒吃夜宵，我更喜欢下午的时候出去走走，晒晒太阳。

从这个时候开始，我觉得突然世界就美好了。我明明可以选择我喜欢的生活方式，找到同样喜欢这样生活的朋友，为什么之前我要逼着自己过自己不喜欢的生活，去应付别人的喜好，不断地消耗我自己呢，难道和每一个人都玩得来就这么重要吗？把自己消耗得那么疲惫，真的值得吗？

我认真审视了自己的朋友圈，我到底需要什么样的朋友？如果只是一起消磨时间，有话可讲便可，却没有意识到大部分的时间也许他们身上散发着巨大的负能量，我需要花大量的时间，去吃一顿我不喜欢的饭，甚至餐桌上的人可能都没有几个是我真正喜欢的。去干一些我内心觉得很无聊的事情，虽然别人可能觉得很开心，但是我真的无感，因为并不是我喜欢的。甚至有时候，我要花费大量的时间，去听他们的抱怨，参与那些充满戾气的谈话内容，这样我才能成为他们的一员。那些我本可以更加积极地生活的时间，本来我可以选择我自己想做的那些事情的时间，被这些我自己以为我自己需要的社交消耗了。

这些消耗我的人在消耗了我大量时光之后，我表达了我对他们陪伴的感谢，然后选择了保持一定的距离。我发现，这种沟通的成本比我想象的要高很多，消耗了我的精力和能量。人的能量是有限的，每消耗一次需要时间恢复和补充，可是我却花了大量的时间去和一些完全无法给予我能量的人相处，把我自己消耗得十分疲惫，然后完全不知从何处得到新的能量。这样的沟通有收益吗？不，这就是一笔亏本的生意。

远离了那些消耗我的人之后，我的人生中的能量开始累积，甚至我自身也开始散发一些能量给了我周围的人，我们的能量交换着，互相充电着。

那些抱怨，那些不满，那些对生活的失望，那些负能量，越来越远。取而代之是充满活力的热情。

只有努力，才能让你的选择变得正确

前几天收拾东西，从柜子里掉出来一摞汇款单。有一百多张，最上面的一张上写着“这就是成长啊！”下面签着我和一个叫Lily的女孩的名字。我坐在地上，翻着每一张汇款单看。那是我第一次实习，和一个叫Lily的女孩分在一组。我们从来没有填写过汇款单，里面的很多要求我们不知道，比如数字的汉字要大写，每个字之间不能有空隙等。越是严格，就越是紧张，然后我们写一个错一个，写了100多张才写好那么几个。记得当时老板拿着一摞废掉的汇款单跟我们说：“保存起来，五年之后再翻出来看看，这就是你们的成长。”

我真的很乖地保存下来了。那份实习我做了六个月，中午和Lily一起吃便宜的午餐，互帮互助写每一份文案和策划，战战兢兢去财务领1200块钱的工资还要看对方的脸色。那时候的我，每天要坐两小时公交车上班，再坐两小时公交车下班，坐公交两块钱，地铁要十块钱，不舍得坐地铁，只能坐公交车神游三环一大圈。Lily是外地高校的学生，实习期间住在当时的男友家。男友和父母住在北京胡同的平房里。她不怎么习惯平房，也不习惯对方的父母，大夏天有时候洗澡都困难，做什么事情都小心翼翼。相比我的远，她的寄人篱下更让人觉得难受，因此上班就是她最开心的时间了。Lily是个很美的姑娘，大长腿，模特身材，那时候的我们对未来都没什么明确的打算，她还一边学着GRE想去美国读研究生，我纠结留在这家公司转正还是申请一家更好的公司去实习。我们都不知道未来，但谁都不迷茫。我们每天都特别开心，傻乐傻乐的，尽管我们穷，也土土的，我们干活多，时间长，还经常被当作劳力去跑腿做杂事，但俩人从没抱怨什么。

我们一起度过实习期后彼此分开。我去了下一家很厉害的公司继续实习，她考上了美国的研究生。再后来我毕业找到了理想的工作，Lily在美国读完研究生留在纽约工作。某次她跟我谈起她梦想中的公司要求她要有“不带薪实习九个月”时，我大呼“这哪里是实习，这分明是生存大考验啊，你这是纽约啊”。

五年后的前几天，当我翻出那一摞汇款单的时候，我拍照发给Lily，她正在银行签贷款合同，在纽约买下自己人生的第一套公寓。我们都是普通的女孩，都在洪荒宇宙中像一颗粒子一样慢慢前行，只是，我们都觉得，每走一步，都要对得起自己。

有人问我：“我找了个工作，老板给我××待遇，我觉得不公平。”“我刚毕业，月薪就2000元，你说这公司是不是骗子？”亲爱的，我不知道你们是怎样的人，那份工作值不值得去做，我只能说说我自己。第一份社会实践卖饮料一天30元，拖半年才付款，其实也就几百块；第一份实习，两个月一共700元，还是五百强公司，连纳税的起征点都不够；第一份工作，是人见人羡慕的好公司，起薪3000元。我不是什么名校，我英语不如母语好，没有别人那么多见识，没读过很多很多书……第一次在公司门口吃过桥米线，都觉得好吃得好几年忘不了。我周围也有很多牛人，有的男生毕业就去了高大上的咨询公司和投行；有的女孩还没毕业就创业，一天能赚十几万；有的随便学学就能GRE考高分拿着奖学金去美国……我抬头看看他们，再看看自己，除了低头努力，真的说不出什么，也抱怨不出什么。

抱怨社会不公？还是老板不人道？还是公司欺负我？还是投胎到了没什么钱与权的家庭？我不知道考虑这些事情值不值得，我只知道以自己的背景和底子，在北京这种名校成堆、牛人成群的地方，想要得到自己梦想中的东西，就要一步步垒宝塔一样去做，一步踩着一步爬上去，才会有人愿意看见我，无论是工作与生活还是爱情与婚姻。

前几天看了一本讲美国名校学生奋斗的书。主人公混在美国名校里，终有一天被勒令退学。他的导师给了他一个试读的机会，他在此期间奋发图强，做出了令全美国惊艳的成绩。一瞬间，他从一个人人讥笑的失败者变成了一个人人为之鼓掌的成功人士。所有的荣誉、鲜花都围绕着他。而他也终于明白，被要求退学时，他以为全世界都对他不好，导师在报复他，前女友在恶意踩踏他，可事实上，一切都是自己造成的，是自己的混沌、懈怠、不学习，让自己掉进了人生的低谷。这世界从来不会跟你过不去，你得到的任何好与坏，都是自己作的。

有句话是这么说的：“根本没有正确的选择，我们只不过是要努力奋斗，使当初的选择变得正确。”

少一点套路，多一点真诚

套路一词最早是讲武术演法的，好比少林十八罗汉拳啊，丐帮打狗棍法啊，这种一招一式能显现出来的武功，讲究起势与收势。

结果现代人搞来搞去，变成网络流行词了，流传甚广的就是这句：“少一点套路，多一点真诚。”

上学的时候，老师也经常对那些头脑灵光但读书不努力的同学作此评价：“此君非常聪明，就是套路太深。”

后来，上班这些年，关于套路的话渐渐消散在风中了。除了偶尔的玩笑，多数人都学会把这句话活在心里了。

可怜如我，每次聚餐喝酒都是最后左右摇摆像是中彩票的那个，每次都大着舌头举着麦克风抢当K歌之王的那个，再后来，自己对自己深恶痛绝，抱定决心反省，开始好好生活了。

可是，我总相信一句话：“知世故而不世故，这是最大的善良！”

我善良，用我无匹向阳的心来拥抱万物生长。

于是，身边人都开始告诫我，别太傻太单纯，这个世界是有野兽随时出没的，你一不小心就会给你吞掉。

我开始战战兢兢、如履薄冰地过活，后来索性一头扎进书堆里，像个笨拙的鸵鸟，反正尽量少出门走动，万一碰到穷凶极恶的野兽怎么办？碰坏花花草草怎么办？感觉自己真的患上套路恐惧症了。

后来听朋友阿文谈及他害怕套路的事儿。

一个上大学时还不错的同班同学，微信好几年都没问候一次，有一天突然发来一条语音，对阿文说："晚上好啊，兄弟，好久不见了。"

阿文一看头像，再一听语音，还挺激动，几年不见，想起旧时念大学的情谊，分外亲切，马上回复了好几条语音，就和对方天南海北地聊了起来。

两个人聊了半夜，阿文的大学同学最后很温馨地发了一句："兄弟，我现在赚的钱不多，一个月好歹也有一两万，等过年回老家，出来聚聚，请你吃大餐，咱哥俩好好聊。"

阿文听了心里暖乎乎的，当天睡眠质量特别好。

第二天中午，阿文刚要午休，就接到这个大学同学的微信语音，说是腿出门摔断了，需要去医院打石膏。平时大手大脚的，这月还没发工资，手头有点紧张，能不能先借他点看病钱，这月工资发了马上还。

阿文一想，腿摔断了是大事，看病要紧啊，马上询问，得知同学需要两千块钱，于是毫不犹豫地打到他卡里了。然后阿文就把这个事给忘了。

第二个月初的时候，收到支付宝对账单通知的时候，阿文才想起来借给同学钱这回事。刚要发条微信提醒下对方，但又觉得有点抹不开面子，正犹豫间，借钱同学发来语音了，说不好意思啊，借了这么久都没还，随之将欠阿文的两千块转账过来了。

阿文还挺高兴，觉得这个大学同学这些年没联系，感情还这么深厚，十分欣慰。

又过了没到十天，这个大学同学直接要阿文的电话，说有急事，接通电话后，言语间大喘气，让人觉得事情十分紧急的样子，接着又说出来一个让阿文瞠目结舌的消息。

这个大学同学的女友意外怀孕了，说是还在读研究生，只能堕胎，说完直唉声叹气，说自己所有卡里的钱都拿出来买房交首付提前透支了，当月拿不出钱了，心想给女友做手术然后好好买点补品。阿文当时听了也替他难过，觉得这个事情比上次的还严重，对方说需要一万块的时候，阿文毫不犹豫地把自己两个月的工资钱打给了对方。

不久，对方从朋友圈消失，手机号也成了空号。阿文的一万块辛苦钱一去无影踪。

从那以后，阿文的口头禅就换成了“套路比情深啊！”“丫的，哪天我要是恨哪个同学，就朝他借钱，然后一概不还，无论以前关系多么好，以后肯定割席绝交！”

我呵呵一笑：“就你那敢说不敢为的善良吧，都不忍心报警来解决问题，估计得等下辈子才能干一次这种缺德事。”

后来，阿文听别的同学说，这个借他钱不还的大学同学，还真出车祸了，这次不是腿骨折，是腰椎，一整个粉碎性骨折。阿文听说后还有些难过，我也再没嘲笑他。

话说回来，其实有时候受到伤害未必不是件好事，它让你反观人性，让你从生活的安逸喜乐中思考保护自己的手段和力量，你开始懂得，这世上很多人在玩弄套路，很多人不是我们想象中那么善良美好。老子说：“天下皆知美之为美，斯恶已。”从前你一直在发现美，生长在善的环境中，这次该让你见识下什么叫恶了，这就是完整的见识和人生。

但对于深似海的套路，对于我们见识过的恶，我只呵呵两字，我相信出来混，迟早要还的！这次你玩套路赚得钵满盆满的，保不准下次跌得体无完肤，大家都是成年人了，要相信大自然，不要贪小便宜吃大亏，谁也不比谁傻，有时候你套路多深，别人比你看得还透彻，只是不愿理会罢了。

就像三国时期，刘备逃难到曹操手下，曹操和刘备煮酒论英雄，曹操以手指刘备，然后自指说：“天下英雄，唯使君与操耳。”刘备听了心惊，假装被雷声吓坏了，赶忙将筷子掉在地上，曹操呵呵一笑，大丈夫也怕雷声吗？刘备赔着笑脸回答，圣人听了也怕呀，言外之意是更何况我这鼠辈的小胆呢。

史学界也有这么一种说法，刘备觉得自己聪明保了一条命，其实曹操早就看出来刘备胸有大志且手下有关羽张飞等忠实干将，没杀他的原因是因为天下割裂，群雄割据太多，曹操自己也征伐不过来，只好先让刘备这颗棋走活，替他打头阵，先将其余势力吃完整了，才能保证全盘皆赢。果如其所料，要不是有狡猾的司马家族，曹操的后代就一统天下，结束三国鼎立的局面了。

可惜曹操如此雄才，刘备如此聪明，人算不过天算，终究没能一统天下，让一直靠边站的司马家族坐收渔翁之利。所以说，以后当你看到遇到深谙套路的那些人啊，真的不必动怒，也犯不着当真！

用喜悦的姿态迎接生活的刁难

这世界有两种人，一种人从小就知道这辈子要成为什么样，知道自己要去哪里，这种人特别幸福。比如我有一位好朋友，他十岁就在作文大赛里获奖，20岁就出诗集，他读很多书，他说这辈子写出一部了不起的小说就是他的梦想。

另一种人就是我这样，懵懵懂懂往前走，哪儿有光就往哪儿去。这种人会辛苦一点，无奈一点，当然，也可能会丰富一点点。

有句话是这样说的：如果你知道了自己要去哪里，全世界都会为你让路。对我来讲，真正有这种感觉，真正开始知道要去哪里，是在大约30岁的时候。

一边走一边摔跤，一边总结一边调整，做很多事，慢慢成长，慢慢找到一点方向，慢慢开始坚定。

很小的时候我个子矮，坐第一排，特别听老师话，老被班里同学欺负，那个时候爱读书的学生不招小朋友待见。长大一点才明白，要想扎进人堆就得同流合污，于是做出一个坏孩子的样子，和大家疯玩儿，跟老师吵架，深夜和小伙伴一起偷邻居家地里的甘蔗，一边偷东西还一边骂人，不告诉其他任何人其实被吓得尿了裤子。

拧巴的人生应该就是从那个时候开始的。

再大一点，初二那年我突然就比班里其他所有的女生高了，比我同桌的男生还高，又瘦，站那儿一眼就能认出来。那个时候我见着比自己矮的男生总是很不好意思，跟人说话都是一副抱歉的样子，身体弯下来，头埋着。

总怕跟别人不一样，总想在一个群体里得到认同，淹没在人群里才会有安全感，从来没有坚定过这一辈子要成为怎样的人，不知道自己要去哪里。

30岁之前的人生，我有很多朋友，会处事，待人热情，宽容，善良，周到，周全……就差八面玲珑了。这些差不多是别人对我的评价，好像也是我乐于接受的评价。但我究竟要去哪里？不知道。

读书，打工，做导游，当演员，考研，上讲台，进电视台，做记者，做编导，做主持人，做制片人……30岁之前这些词语构成了我的生活轨迹。做导游的时候我还是学生，进电视台的时候我是老师，在讲台上我仍然是个主持人，我力所能及地做很多事，我足够聪明和努力，命运总是给我安排过多的选择，我总是按照大家给我的评价和定义去选择，去活着，周到，周全。

我不知道自己要去哪里，所有的选择基于别人或者我想象中的别人希望我成为的样子，我把那个自我深深掩埋。

每个人都是一座孤岛，你必须学会融入才不至于看起来那么寂寞，你必须学会这个世界上那些看得见看不见的规则，在“做自己”和“取悦他人”之间找到平衡。——很长时间，我对这努力经营出来的样子感到满意，但内心很清楚，这不是生活的真相。直到开始做裁缝，做个手艺人，我才发现：不要去做那些对的事情，而是去做你想做的事情。然后，我进一步发现：能用自己喜欢的东西养活自己，还可以这么有乐趣，挺好。

知道自己要去哪里，全世界会为你让路。

鲜花在尘埃里绽放

曾经看过一个视频，演员扮演的乞丐在寒冷的冬季进入店内点餐，被店员恶毒讽刺侮辱，然后摄像机观察记录着周围群众的反应。

其中一个白发老者，一边质问店员，一边忍不住掉下眼泪说道："你这样对待他是不对的，这个人只不过正在经历他人生的低潮，他已经够难的了，你不应该这样对他。"

是啊，谁的人生都可能会有低谷，可那不代表会一直如此，只要你努力，终有走出来的那一天，就像在低矮的尘埃中，终会长出绚丽的花朵。

1

今天一个新闻，河北邢台52岁的张瑞华以高出合格分数线37分的成绩通过司法考试，引起热烈反响。因为这位张阿姨平时给人的印象就是一个普普通通的养鸡场大妈。

张瑞华在企业上过班，当过销售员，做过木匠，砌过猪圈，抹过炉膛，2012年，她在邢台县会宁镇东良舍盖起养鸡场，正儿八经地种地、养鸡，过着普通农民一般的生活。

而大妈在偶然被卷入一场官司后开始关心法律问题，后来干脆萌生了参加司法考试的念头。

从2015年6月开始，张瑞华从零基础开始学，每天不是坐在电脑前听课，就是看书。在经历了280分、352分两次失败后，生性要强的张瑞华没有放弃，又开始了新一轮夜以继日地学习。

为避免外界打扰，她将自己的手机交给母亲保管。在她的家里，床头、柜子上全都是法律书籍，她给自己定了规矩，不考过司法考试不看其他的书，一心只为一件事。

今年9月，张瑞华再次走进了考场，并以高出分数线37分的成绩顺利通过。

2

大家都知道罗琳写《哈利波特》都是在繁琐的生活间隙，也看过《风雨哈佛路》里那个女生把资料贴在餐馆洗碗池的墙上，边打工洗碗边复习功课。我身边也有个这样的朋友。

朋友在大学毕业后做过销售员、文员等各种工作，包括被骗进传销。

好不容易出来后，身无分文的军想要捡起自己的法学专业，备考司法考试和公务员，可首先他得解决吃饭的问题。

于是，他选择了去做仓库管理员，因为除了每天的货物进出，还能有时间独处复习。

他就这样在仓库门口的桌子上一边摆着货物出库单，一边摆着复习资料，寻找到间隙就埋头趴到复习资料上。

可是不巧的是，在他即将参加考试的关键时刻，公司的业务调整，货物大量调动，他的工作开始忙碌起来。

好的是公司又配备了一个仓管来配合，二人平均分配任务。

他看到考试时间越来越紧迫，自己变得十分焦虑，恨不得每天20小时拿着书看。

领导和同事都嘲笑他，不安心做仓管，非要癞蛤蟆想吃天鹅肉，只要他一拿起书，他们就又冷嘲热讽地戏耍他。

最后，为了安静地看书，他在仓库的最里端的高大货物中间找到一个狭小的空间，每天只要一换班他就跑到最里面，躲开大家的视野，坐在高大的货物堆下面认真复习。

旁边是喧闹的人声，不停地高声呼喊指挥搬运，好几台叉车的轰鸣在封闭空旷的仓库中来回反射共振，可是他就在这个狭小的角落，耐心地推演着题目中复杂的逻辑，仿佛与世隔绝。

后来他顺利通过了考试。

3

在听了一位同学讲述她父亲的经历后我们也惊为天人。

同学父亲出生不久丧父，母亲改嫁，最后只能跟随叔叔生活。

在那个贫乏的年代，他本身就生得比较矮小瘦弱，到了叔叔家后又受到婶婶有意无意的刁难，婶婶经常把饭菜放在柜子的上格，幼小的他每次都饿着肚子，抬起头眼巴巴的望着近在咫尺的饭菜，却怎么也够不着。

他后来给子女们讲述这段经历，说自己经常会清晰地回忆起当时的画面，回忆中的视角永远都是向上仰视，眼光的聚焦处是柜子边缘露出的一点盘子边缘上那朵盛开的红色牡丹。

他八岁开始去煤场里搬煤赚钱，14岁做船员跟着长江上的货船一遍遍地顺流而下，一遍遍地逆水行舟，一件件地把货物从船板上卸下，一把把地将船锚从江水中拉起……

他在长江的货船上度过了大半辈子。

只不过，他从最瘦小的跟班小船员，逐渐成长为主力水手、领班，最后他自己独立门户继续跑长江万里水道，终于成长为一个拥有万吨货船的老板。

人生总有低谷，就像曾经与鲜花一起在风中摇曳的种子被雨打风吹抛落在地，又被泥土掩埋，沉入黑暗，可它永远没忘记泥土外和煦的微风、蔚蓝的天空，它会重新突破自己的躯壳，奋力向上，最终破土而出，再次沐浴那爽朗的阳光。

自己无用，别怪读书没前途

每隔一段时间，“读书无用”的论调就会出现在人们的生活中。鼓吹者们言之凿凿地举出不少例子：隔壁村的张二，小学都没毕业，生意做得有模有样；刻苦用功18年的老同学，还是个拿死工资、从牙缝里还房贷的小职员。底气之足，让我瞠目结舌。

在众声喧哗的读书无用论中，我比较注意三种声音。

一种读书无用论的鼓吹者，自己真没读过几天书，但或是其他能力突出，或是运气较好，也取得了不错的成就。你的旧友聚会，或许也有这样一种悲凉的酸楚：极没文化的发小，居然成了大款。我们这些读了十七八年书的，除了学位啥也没有。他们给你倒上茅台酒、递来中华烟，再送你一句加了冰块的风凉话：文化能当饭吃啊？

不错，沟通能力、交际能力、执行能力，确实很重要，“成功者”不见得都是读书人，但读不读书，很大程度上决定了一个人究竟能够走多远。

另一种读书无用论者，确实读过几年书，甚至还有相当漂亮、镶着金边儿的学历背景。你跟他聊哲学，他能把纯粹理性批判给你讲得头头是道；你跟他谈美学，他能把斯宾诺莎、海德格尔诸人的美学观梳理得脉络清晰。

回翻他的在校表现，还真是可圈可点。但眼下，知识和财富之间的转化很不尽如人意，甚至在清贫愤懑、怀才不遇中挣扎。在功利意图的驱使下，读书不是为性情的雕琢、底蕴的贮藏、襟怀的开阔，完全是为了换得利益，一旦变现受阻，就觉得读书无用。

这些人怯于面对的事实是：不是读书无用，而是你自己无用。你确实是个不错的考试选手，确实从字里行间咂摸出了些墨水味，但失去了书本的荫蔽，你再没有半分优势。你的视角局限在那几本偏狭的书本里，却不知大千世界的无限可能。你只能在故纸堆里与前人对话，却不具备在现实世界里周旋的本事。

种种无用中，最无用的是将自己的一事无成归结为读书所致——我失败不赖我，赖读书没用，要不是当初浪费那么多时间去读书，我也许就有用了。

读书无用论，给他们提供了那么舒适、有面子、有理由的庇护所，那么理直气壮地回避了自己的无能。

种种读书无用的论调中，最可恶的一种是别有用心者。明知道开卷有益，却巴不得周围所有人都沉浸在玩乐中虚掷青春。每个人的学生时代，都会有这么几个同学：熬夜的黑眼圈挂在脸上，偏偏大言不惭地告诉别人自己从来不学习。明知课堂所学东西的价值，非要激进地说这种填鸭式的教学毫无意义。他们几乎是人格分裂的—— 一边拼命地读书，一边一脸厌弃地说读书无用。

在他们看来，如果读书无用论能大肆风行，那么每多一个信奉者，自己就少一个对手。如果班上的同学都不读书，那么寥寥几个的保研名额非他莫属。如果同年进单位的新人都不读书，那么获提拔擢升机会的更有可能是自己。目光灼灼盯着一己之位，置社会风气于不顾，是为自私。

比自私更浓烈的，是自卑的心理底色。这种人看似很有“谋略”，其实最没用，他不敢光明正大地迎接任何一种透明公开的挑战与竞争，只能动用这样卑劣的手腕，遮掩迫切求胜的病态竞争心理。

在这个涌动着反智情绪的社会中，读书无用论总轻易地受到众多赞扬，读书人的悲凉处境总是被带着嘲讽的态度围观，读书人的负面信息总是被满含鄙夷地放大。

说实话，我也被无数次问过，你读北大出来能干什么？不还得跟我一样工作挣钱吗？读那么多书不还得嫁为人妇吗，有什么用？对此，我想说的是：

哪怕我们做着同一份工作，我不会同你一样目光灼灼地盯着眼前得失；

哪怕我们都将归于家庭的琐碎，但我知道琐碎之中也有诗意与温情；

哪怕我们都将面对生活的苟且，我会为我的子女在嘈杂中开辟一道安静的缝隙。

而如果我一无所成，我绝不拿读书无用来遮掩我的无用。因为我读过书，油墨已融入骨肉里，而你没有。

要么不做，要么认真做

平生有两恨，一恨停电，二恨没网络。可是前几天，我忽然下定决心断网一周。原因嘛，当然是为了写作。

要写长篇，还有杂志稿、公众号稿，要打理博客，打理微博，打理空间，还要应付各种聊天。忽然觉得精力不够用了，各种文体每天在脑子里打架，弄得我彻底失眠。实在被拖得筋疲力尽，所以下定决心断网，什么事都先放几天，集中精力把小说剩下的部分写完。

没有网络的打扰，全身心沉浸在小说情节中，总是能很快进入状态，而且龟速的我忽然就每天上万字。更重要的是，连续一周，每天上万字，连周末也不过，但我整个人却是轻松愉快的，没有乱七八糟的东西在脑子里纠缠，也没有再失眠。

我完全投入了，最后两天是哭着过来的，一边写一边哭，一想到笔下的那些人，就忍不住想流泪。

这个故事到底好不好要待读者评论，至少，我是非常认真地在做这件事，拼尽全力，没有敷衍。我想，读者一定能在文字中看出作者的用心，就算读者不在意，至少自己心里是踏实的，永远不会有悔意。

小说完结的那天晚上，商场外搭了个大舞台，搞促销表演，辣歌热舞，吸引了很多男女老少。

当晚的两个舞蹈演员，一个年轻貌美，身材好得无可挑剔，另一位年龄比较大，肚子上都有了游泳圈，实在不怎么雅观。但是，几个舞跳下来，我心里就开始不满，对年轻貌美的姑娘不满。

长得美，年轻，还有一副好身材，按说，怎么跳都会比较有美感。可她全程眼神飘忽，有气无力，动作做得一点都不到位，一看就是在应付。可能觉得自己一个专业舞蹈演员，在这样的舞台上，面对一群纯粹看热闹的观众，随便动一动，就能很好地应付过去。

但是她没有想到，这些看热闹的观众，还是轻易地看出了她的不认真。

更出人意料的是，就连站在我旁边的一个八九岁的小女孩，也指着那个姑娘的身影大声抱怨："她好像没有力气的样子，跳得一点都不好看。"

我大为惊讶，想不到连小孩子都看出来了，并且因此心生不满。那么以专业的眼光来看呢？我想，下次主办方再做这样的演出时，大概不会首先考虑这个姑娘。尽管她外在条件如此优越，但是"不认真"的标签一旦贴上，立即变成无人问津无人喜欢的廉价大白菜。

早上和邻居聊天，邻居谈起他的两个亲戚，这两个人是亲兄弟，年龄相差一岁，干的工作也一样，都是在工地上盖房子。

老大比较实诚，总是认认真真地砌墙，不偷懒，砖也砌得齐整，即使马上下班，也会不慌不忙将手里的活儿干完。

老二比较狡猾，干活时，一会儿上个厕所，一会儿喝杯水，一会儿聊个天，一会儿再抽支烟，下班时间一到，立马扔东西走人，谁敢阻拦，立即发脾气骂人。

大家都喜欢找老大干活，慢慢地，老大的活儿越来越多，后来自己搞承包，更是忙不过来，不得不请小工帮忙。

而老二呢，请他的人越来越少，虽然也有活儿干，但总是断断续续，后来也自己搞承包了，只是活儿总是接不上，一年有大半时间在家里休息。

这样的故事以前在书上看过很多，当真正发生在我们身边时，体会才更加深刻。那两个亲戚我都认识，现在年纪都不小了，老大家庭美满，日子越过越好，老二则总是入不敷出，家里常常因经济问题发生争吵。

邻居讲完他们干活时的态度，我暗暗感叹了一番。想不到，就连砌个墙干个粗活，认真和不认真也有着天壤之别。

原来，无论你做什么，无论技术含量高，还是毫无技术含量，无论专业还是非专业，都需要全心全意投入，非常认真地去做。认真不见得一定会成功或赚大钱，但至少不会扯人生的后腿，会让你的人生一步步往上走。

所以我会时刻告诫自己：要么不做，要么认真！

这一路独行，既有风雪，也有繁花

1

当我手拿那张薄如蝉翼，却重如千斤的文理分科志愿表时，心中本能地弹出两个字：文科。

父亲把手摇得像扇子："不行不行，文科就业率太低。"

班主任把眼睛瞪得像铜铃："你可得掂量清楚些，真去了文科班，可没有后悔药吃。"

理科，理科，理科……我环视一圈，抓狂地发现周围同学全都顺应大势填的理科。我性格急躁，从来都不是一个举棋不定的人，但在高一那个令人焦躁不安的冬天里，因为文理分科这件关乎命运的大事，我第一次尝到举步维艰的滋味。

"理科是亲娘生的，文科是后娘生的"，在一切朝就业率看齐的老师眼中，这是亘古不变的道理。再加上未分科前的五班师资雄厚、生源优质，是专为理科量身定做的，所以很多人都选择就地留下。

三天考虑的时间已到，为了追寻一种热闹的安全感，我还是向文科告别了。

同桌思宇的选择却让我吃惊。这个成绩优异的男生，淡定自若地在表上写下了“文科”两字。在我的世界观中，思宇是为理科而生，他的未来应该是在科研室里或证券场上运筹帷幄，而不是拿着一纸万金油专业的文凭，在各个招聘展位前漂泊流离。

“不为什么，就为喜欢。”面对我的八卦，思宇答得很平静，脸上读不出悲喜。

送思宇离开时，我们含泪拥抱。这意味着从今以后，我将在理科班走阳关道，他将在文科班过独木桥，那些一起分享一碗凉面，躲在书堆后悄悄听许嵩的日子宣告终结。

我和思宇，都是典型的文科性格；语言和文字，是一簇将我们青春缠绕的紫藤。他喜欢让地理图册上太平洋的海水沾湿手指，我喜欢躺进历史书中奏一阕《凉州词》，只是他随性地选择了花朵，而我忍痛选择了果实。

2

文理分科后，高二很快就到了。晦涩的生物学科从天而降，物理的难度连升三级，班主任的脸一夕之间沉了下来，教室窗外也多日不曾出现过晴天。

在公式和符号的轮番轰炸下，班上的汉子和女汉子们依旧坚挺在战壕中。他们的脑内仿佛自带电路图和硫酸钙，考试时可以现场接通电源，或来一场化学实验，然后在试卷上自信地写下刚刚验证得来的答案。而我的脑中只有豆腐渣，成绩很快就掉到了班级排名的下游。

我们的教室在教学楼南面，文科班的教室在教学楼北面，楚河汉界之间，只一架天桥相连。“海峡”另一边的生活太神秘，我只能从偶尔滚落过来的皮球或飞来的七彩纸飞机中，幻想他们的热烈和放纵。经常，老师课上到一半，就会指着北面，像传经诵道的僧人一样度化我们：“你们要是不努力，就只能像他们一样读文科。”

在大家眼中，读文科等同于将后半生葬送。可是偶尔思宇回原班找我玩时，却一脸的神采奕奕，丝毫看不出对未来的焦虑。

理科五班一板一眼，以成绩和效率说话，像一把冷凝锋利的手术刀，让我和思宇觉得格格不入。越来越糟的成绩，日益厌倦的书本，老师渐渐皱深的眉头，新同桌不耐烦的语气……思宇走后，我像一只找不到归途的惊弓之鸟，明明前方是四通八达的道路，却屡次被迷茫之风折断羽翼。

3

怀着背水一战的心情，承受着父亲的责骂和“自甘堕落、前途堪忧”的评价，我毅然决定中途转去文科班，这也是我17年来，首次独立自主地为自己导航。从南向北，步伐沉重，那架本不长的天桥被无限延伸，仿佛有刀山火海正在另一头等着我。

比之近20个规模的理科班，文科班只有三个，隐匿在茂密的梧桐后面，离厕所很远，离食堂更远，还未来得及更新换代的桌椅普遍比理科班旧了几成，像是一处被世人遗忘的缝隙。

怀着迷茫和不安，像一只饱经风雨的抛锚扁舟重新靠岸，在这个不知深浅的班级，我重新有了一方属于自己的小小角落。

下课后，已有六个月孕期的老师挺着大肚子走到我面前，随意地撑在我的书堆上："嗨，欢迎你，新同学，既然选择了远方，就和我们一起风雨兼程吧！"

我心一动，宛若流星划过寒夜，这份久违的诗情画意，让我与这个班级轻轻共振。

文科班和理科班没什么明显区别，政治、历史、地理没那么烧脑的现实不是能放松的免死金牌，这里的儿女依旧顶着一对黑眼圈冲锋战斗。但它于我而言却是颠覆式的体验：历史老师课前爱喝点小酒，红着脸煮酒论史时，像李白重新站在了江陵的船头；政治老师是女文青的路数，好端端的"绝色"一词，非得扩充成"娇花照水、雨落寒沙"；地理老师寓教于乐，常在课上放《动物世界》，让我们在场景里刨知识点，量多者获胜。

在这样的好时光里，我和思宇口中念叨的公式变成了瑰丽四射的朝代风土，在草稿纸上把安第斯山脉的轮廓憧憬地画下来，一起看《百家讲坛》针砭时弊。我们像是两条放归深海的鱼，潮起潮落，纵情游弋。

都说高中三年，会越来越艰辛，但我转至文科班后的日子，却没有理科班那么难熬。在这个被世人指指点点、避之不及的地方，我们这群性情儿女横行在自己的江湖，像一只候鸟，幸运地找到了适宜的树林栖息。

高考，我和思宇都取得了不错的分数。他选择了中医专业，我把自己交给法律，半生经天纬地。我和他，不是没受到过来自亲戚朋友的反对：法律和医学，需要熬资历，不把头发白尽，休想功成名就。

但是这一次，我们不约而同地选择遵从内心。

4

大三那年，在漫天飞舞的传单和激情洋溢的演说中，无数持观望态度的同学，纷纷加入考研一族。比之书中的跋涉，我更喜欢脚下的行走，所以我是少数不考研族中的一员。

大四这年，三位室友全部考上研究生。辅导员遗憾地问我："不会觉得难受和孤独吗？"

我愣怔，百度了无数次内心，却一点都搜索不出难受和孤独的网页。因为在高一那个文科与理科的分水岭前，我已用稚嫩的胸膛和阅历，扛住了最难受和最孤独。

大学里，在其他人疯狂考研、考证的日子，我读了关于哲学与历史的书籍，独自蹭新闻学院的课，听了一场场讲座，选择了“穷酸”的文字行业作为副业。我挣的钱不多，但精神世界翠绿又茂盛，像被封藏的白釉青花瓷，像卷起的《清明上河图》。

曾经，我害怕成为少数派，害怕听到诸如“全班就你那样做”的奉劝；那年，从理科班灰溜溜地离开，孤独绝望得仿佛被丢弃在天涯。幸而，我的选择给了我加倍的偿还，让我敢再次为命运押注，有了承担后果的勇气。

这一路踽踽独行，既有风霜雨雪，也有繁花相随。

想要绽放光芒，就得忍受黎明前的煎熬

阿木失眠了。我能清晰地听到电话那头，他在床上辗转反侧的声响，还有不由自主的叹息。

我知道，他刚刚度过了艰难的一天。大清早，家里来电话，说老爸血压升高，住进了医院；上午接到房东电话，催他三天之内交清房租，否则就要让他卷铺盖走人；他原本有一点积蓄，上个月老家的弟弟结婚，他都寄了回去，现在你要说他身无分文，好像也过分不到哪里去；想着这些，心神不宁的他下午跟着老板去参加一个项目的竞标，由他负责的一份重要文件竟然忘了带，老板的震怒可想而知；好不容易挨到下班，女朋友又因为一点琐事跟他甩脸大吵，到晚上了还在冷战……

“过完这一天，感觉像过了一辈子那么长。这日子，真是难熬！”阿木有些幽怨地跟我感慨，听得出他的惆怅和失落。

大学时的阿木，不是个悲观、爱抱怨的人，我们都不是。那会儿，我们常常在一起，不知天高地厚地憧憬将来，觉得人生真是充满了无限可能。

记得那年夏天，我们一起去草原露营，深邃浓重的黑夜将天地包裹得严严实实，我们并排躺在辽阔的大地上，枕着露水，嗅着草香。满天的星星从未离我们那么近，而且亮得灼眼。

“黑暗越重，星星就会越亮。”那晚，阿木说，我们的梦想就像这星星吧，只要用力闪，用力闪，总能穿透黑夜，让人看到。

那会儿，我们并非不知道生活多艰，只是没想到，一踏出校门进入社会，暴风雨就劈头盖脸地砸下来，叫人毫无防备、措手不及。

我们明明已经很努力了，却常常觉得人生充满了委屈；我们似乎每天都忙忙碌碌，却总是感觉收成微薄、囊中羞涩；我们真诚待人，却老被人算计、穿小鞋，你都不知道自己到底做错在了哪儿；加班加到快吐血，疲惫至极地搭上末班车，穿越城市的灯火阑珊回家，却依然找不到完全融入的归属感……

或许是被现实欺骗得太多，我们越来越诚惶诚恐、患得患失。我们被焦躁不安的情绪笼罩，脸上的笑容还在，可心底里的快乐却少了。

阿木，我担心你——哦，不，是担心我们，会就此向生活妥协，对困难屈服。如果锐气渐渐褪去，自信心一点点被消磨，我们还能活成自己想要的模样吗?

所以，你想过怎样的生活？是丰富热烈的，还是苍白凄惶的?你愿意对世界投降，从此颠沛游离，还是挣脱牢笼，勇往直前?

我想，你知道答案。

其实，日子哪里会真的过不下去呢？谁不是打败了一个个委屈，才能前行。同一片星空下，没有谁比谁更轻松如意。只是有的人哭了出来，有的人默默忍受罢了。人生的剧情一直在铺展，剧本已经摊开，结局会怎样，主动权在你手上。

阿木，我还记得你大学毕业后租住的第一间房子，在这偌大城市的城郊接合部，一溜红砖砌成的平房中，一间不到十平方米的“漏室”，到处是雨水渗漏的痕迹，窗条和铁床都锈迹斑斑，窗户连玻璃都没有，你拿了报纸糊上。那天我去看你，惊讶你怎么能在这样的地方睡得如此安稳。

你倒云淡风轻地回答，这里清静，少有人来打扰，下班回来正好可以安静地复习考研……而一抬眼，透过破烂的窗户，就能看到天上的星星，你说，你跟它们一样，虽然身在暗夜里，但也一直在闪一直在闪啊……

后来，你真的考上了研究生，是你从小就梦寐以求的那所大学，学了你最爱的专业。然后，你换了一份更加体面的工作。你依然保留了每天晚上睡前看书的习惯，又爱上了周末户外徒步，想让自己的生活更加健康，更有品位。

你看，我们常常以为自己就要撑不下去，可是，再坚持一下，再忍耐一下，不都挺过来了吗？

说到底，因为我们都清清楚楚地知道，虽然面对浩瀚的星空，我们是如此卑微，可那又怎样？庸碌平凡，也挡不住我们用尽全力发出一点微光。因为我们相信，看上去再怎么不堪的生活，也总会留一扇门给对它抱有希望的人。

想到这里，我给阿木发了一条微信，“你还记得露营草原那晚上的星星吗？你说，黑暗越重，它们才会越亮。”

我收到他回，“不要放弃闪耀，即使在最幽暗的黑夜中……”

晚安，阿木！

晚安，还怀揣梦想、不曾对现实妥协的你！

Part 4

高贵之道，把值得做的事做好

唱歌时，就竭尽全力地唱；
烧菜时，就全心全意地烧；
工作时，就不遗余力地干……
愿你为每件事打上漂亮的个人印记。

值得做的事，请认真做好

在一所学校观看教师合唱团演出，发现一位先生始终金口不开，恰好身旁坐了那位先生的领导，我试探性地问道：“那位缄口先生，课教得不怎么样吧？”被问者大为惊异：“咦？你怎么这么了解他？”我笑了，心说：隔着十万八千里，我怎会了解他？我只是从他脸上那种“不值得”的表情中，看出他是一个不幸被“不值得定律”言中的人。

有很多人可能会经常这样想：不值得做的事情，就不必做好。想想看，当我们怨气满腹地奔赴一个赛场站在起跑线上时，还在深深怀疑这场比赛的价值，这又怎么可能发挥出最佳水平？

那惯于在职场上消极怠工的人，就是带着一颗“不值得”的心打发时光的。须知，职场向来不钟情“工资的小偷”，一天到晚磨洋工的人，在怠慢工作的同时，也怠慢了可能属于自己的机会。

据说有位修鞋匠，每次修鞋都不惜使出浑身解数，鞋修妥了，还要用蜡封好一颗巧克力外加一张字条，一同塞进鞋里。那字条上写着：“任何值得一做的事，都是值得做好的事。”

不值得热爱，不值得付出，不值得珍视，不值得追索……这些

“不值得”是会蔓延的。如果说“优秀是一种习惯”，那么“不值得”也会成为一种习惯。当我们觉得某一天不值得全力去过好的时候，几乎所有的日子就都过不好了，最终我们收获的，恐怕只能是“不值得的人生”。

如果问你：这辈子，究竟值不值得一活，你一定会做出肯定的回答。但是，当漫长的“这辈子”被分解成一件件琐碎的事情，你能否带着“值得”的心去将它们一一做好？

生命的长城，如果值得一筑，那么，每一方砖都值得烧好。

唱歌的时候，就竭尽全力地唱；烧菜的时候，就全心全意地烧；工作的时候，就不遗余力地干；修鞋的时候，就专心致志地修……把“不值得”丢出你的思维圈，为每件经手的事都打上漂亮的戳记吧，让这戳记带上你的专属气息，让每一个看到它的人都赞叹不已。

无论做什么，都要向专业靠齐

李姐搬家，打电话让我们去帮忙，刚好周末，一帮好友三三两两地都赶来了。当华子出现在大家面前时，所有人都大笑起来。大热的天，华子穿着那种工厂车间里的蓝色工作服，长袖长裤，武装得严严实实。脚上是一双黑色运动鞋，手里还拿着一副白色的线手套。“华子，刚从蓝翔技校回来吗？”连李姐都忍不住打趣。华子笑笑：“不是要干活嘛！”干活不假，也不至于大张旗鼓地穿成这样呀！不认识的还以为是搬家公司的员工呢！玩笑归玩笑，笑过之后，朋友们也都开始忙碌了。

“哎呀！好痛！”雯雯站在凳子上伸手摘窗帘时，不小心扭到了脚，朋友们赶快扶她下来。雯雯脱下高跟鞋揉着脚，一脸痛苦的表情。不一会儿，刚子又大叫胳膊被窗台上的铁丝划了一条长长的血痕。等东西都收拾好，准备往车上搬时，场面更加尴尬，几个男同志由于穿的裤子太紧，裤缝不争气地裂开了。刚好那天刮着大风，穿裙子的女同志忙得连扯裙子的工夫都没有了。只有华子一人干得得心应手，在屋子里时爬上爬下收拾东西，现在又健步如飞地帮忙搬运，数他干的活最多，但也数他干得最轻松。

吃饭时，大家都称赞华子有“先见之明”。“这哪是什么先见之明呀，只不过是干啥要有干啥的样子。”华子笑了笑，认真地说，“为了得到这个经验，我可付出过很大的代价呢！”华子告诉我们，前几年，他从原来的公司辞职，自己和朋友开始单干。几年的工作经历让他们积累了丰富的经验，再加上市场前景也不错，很多客户都表示了合作的意向。在和最大的一位客户谈合作之前，华子和朋友特意做了很多准备，他们觉得有足够的信心和能力与对方合作成功。

然而，谈判过后对方却拒绝了合作！华子倍感意外的同时，更多的是不解，为什么呀？这次合作明明对双方都有利呀！之后很久，华子才从对方一名助理的口中得知，他们的老板对华子不信任，因为华子没有“做好业务的样子”，老板说“我不相信一个穿着皱巴巴的圆领T恤的人能做好这么专业的业务”。听到这个理由，华子一开始非常不服气，甚至觉得愤怒和委屈。可是后来，经过在业务往来中不断地观察和感受，华子渐渐明白了当初那名客户的感受——我又不了解你的专业水平，可你连个专业的样子都没有，我凭什么要把业务交给你做呢？

“所以现在，我一直要求自己，干啥要有干啥的样子。记得杨澜说过，没有人有义务通过你邋遢的外表去了解你优秀的内在。我想说，也没有人有义务通过你不专业的外表去发现你专业的内在。

所以，想要让别人了解你的专业，自己要先有专业的样子。更何况，打扮得专业一点，干起活来更利索哦。”华子指着自己来不及换下的工装笑着说。朋友们也跟着笑了，眼神中却早没有了之前的打趣，取而代之的是满满的认同和敬佩。

完美的重复，成就极致的境界

在日本东京吉祥寺有一家小店，只有三平方米，就卖羊羹和最中饼两种点心，年收入却高达三亿日元。这家店叫“小笹”，店面小而朴素，门前也没有停车场。虽然小笹从没做过广告，也没有接受过采访，而且每天限量150个，每人限购五个。但很多人早上四五点就来排队，赶上节假日，还有人半夜1点就来排队。这种情况已经持续了46年，将近一万七千天，每天都如此。这家小店究竟有什么秘诀呢?

这家小店的老板叫稻垣笃子。1951年，稻垣笃子高中毕业后，便在父亲经营的点心店打下手，专门学习制作演化后的羊羹，就是用豆类制成的果冻状点心。说起来，羊羹的制作方法似乎很简单，就是把小红豆煮熟碾碎，和砂糖、琼脂混合熬煮，冷却成型即可。稻垣的父亲一共有六个子女，只有稻垣继承了他的事业。因为除了稻垣，谁都忍受不了他的苛刻。

每天一大早，稻垣就要烧炭生火。然后掏洗小豆、蒸煮、碾碎……羊羹炼制好后，父亲都会试吃稻垣昨天做的羊羹。然后一脸严肃地给出评语：“煮得不够”“火候太弱”……说完，就会将稻垣辛苦一天做出的羊羹丢进垃圾箱。

整整大半年，稻垣做的羊羹没有得到过父亲的一次认可。有一次，稻垣绝望而委屈地大叫起来："你告诉我，你的要求是什么？我究竟要达到怎样的标准？""我只有一个要求，那就是要做出最美味最完美的产品。"父亲冷静地说，"最好的羊羹，制作中的某一刻会闪耀出紫色光芒。红豆馅闪耀出的紫色光芒，透明、美丽，让人觉得就像红豆开花一般。"

听了父亲的话，稻垣暗下决心，一定要倾尽所有的心力，一睹完美的紫色光芒。一天天，一年年，稻垣都在为这个梦想而努力。稻垣第一次看到紫色光芒，是在制作羊羹已差不多十年的时候。那一次，稻垣在制作羊羹时看到了瞬间闪过的紫色光芒，而父亲在试吃羊羹时，终于点了下头，"嗯"了一声。那一刻，稻垣简直要喜极而泣，这是对她最大的认可啊！

父亲接下来说："红豆是有生命的东西，羊羹也是。每天的气温和湿度不同，红豆的产地和质量不同，木炭的状态不一样，都会影响羊羹最后成型后的味道。你必须把这些变量进行最好的调和，才会出现紫色光芒。也就是说，今天制作顺利，不代表明天就可以。而你需要做的是每天都重复这种完美。"

为了重复每天的完美，稻垣下了更大的功夫。一旦开始炼制羊羹，就是她一个人的世界。谁都不能打扰的时间，是只能专注这件事、心无杂念的时间，要忘记工厂或店铺的事以及人际关系和炎热，心无杂念地炼制羊羹。做到了这一切时，稻垣听到了红豆的声音，看到紫色光芒时，那是稻垣最快乐最幸福的时刻。30年摸索，稻垣技艺精进，终于超过了父亲。是的，她做到了每一天都实现完美！

在制作过程中，稻垣会注重很多细节，包括在额头绑上三角巾防止汗水滴落，炼制前喝冷水等等。对此，稻垣说，这是她对品质的追求，至于为什么要限量，稻垣说："一锅三公斤小豆，只能做50个，超过三公斤，就做不出那么好的味道了。做三锅要花十个半小时，已经是极限了，所以一天只能卖150个。"——这也是对品质的追求呀！

一家只有三平方米的小店，哪怕只卖两种产品，却一样取得了惊人的业绩，成为一家受人尊敬的公司。其实，这正是缘于稻垣那一颗"将产品做到极致"的匠人之心，缘于她将完美重复一万七千天的坚持和执着。

成为匠人的秘密

“自吾闻子之言，一年而野，二年而从，三年而通，四年而物，五年而来，六年而鬼入，七年而天成，八年而不知死不知生，九年而大妙。”读《匠人精神》，想到《庄子·寓言》里这段学生对老师说的话。但凡专习一事而有成，所经关要大抵无差。

秋山木工八年育成，见习一年，学徒四年，匠人三年，第九年可以独立出去闯荡世界。学徒多为高中毕业生，十八九岁的年纪，最好的时光。

八年里，不许恋爱，禁用手机，不论男女一律留光头，一年两度共十天的节假日才可见家人。该校被豆瓣网友称作军事化管理、尼姑养成班，但确有相类处：封闭，规矩，修炼。

倒也不难理解，君子不器，匠人却要成器，成器少不了规矩。耳提面命，耳濡目染，言传兼身教，教育才不致落空。不过这些都只是表象而已。木工学校40年间养成50余名匠人，教养人的不是规则，不是木头，也不是师父。

前五年为学徒，边学边做；后三年做师父，边教边做；中间是标志着正式成为匠人的“修了式”。成为匠人的同时成为老师，在传授技艺的过程中进一步修炼，也因有了为他人之心和担当之愿，让心性技艺进一步沉淀下来，内化到如先天生成的一般。

这本书很易读，正文中《匠人须知30则》不作惊人语，更像家书，如父母般反复叮咛：要跟人好好打招呼，要为别人着想，要省着花钱。

印象较深的是第25则：“进入作业场所前，必须要成为乐意打扫厕所的人。”工匠的首要条件是谦虚，而让人变得谦虚的捷径，就是打扫厕所；无论是多么脏的厕所，只要认真打扫，都能把它变得像新的一样干净。

秋山将人比作白纸，初生洁净，渐受秽染，“只要活着，每天都要使用厕所和心灵，所以污染是不可避免的”，“如果能够清除污秽，就能够回到纯净的心”。秋山训斥学徒，以打压他们的“骄傲之心”，他说自己到现在隔一个月还会生起“骄傲之心”，学徒们则是三日一生。从三日到一个月，修了50年，只要活着就得一直打扫下去。

秋山说自己的严厉是从学徒时期师父的母亲那里学得的，她当时负责管理学徒的日常生活；而勤苦肯干的精神，则来自起早贪黑当小贩养活一家的母亲。木器本是寻常日用品，木匠的道理也取诸人生，执着、坚忍、谦卑、洁净，承继的是整个民族生生不息的精神气。在我的印象中，中国的匠人都像《陶庵梦忆》里走出来的，或痴或癖，奇技淫巧，带着日常的喜乐清明，固然可说是中华民族的气质，大概更因为工匠一直以来地位不显，但他们身后被淡化隐去的日用功夫和念兹在兹、日夜与之的生命投入，和日本匠人又有什么区别呢？

如今越来越多的中国人看重品质，讲究工艺，愿意为喜爱的东西埋单，这可能是做一个中国匠人最好的时代。

最近我正好接触到几位国内的文创人，多是从原先的工作中脱离出来，转而做自己喜欢的事。有做老木地板的，有开插花课的，有做独立编辑的，他们都乐于自称匠人。

我问其中一位由建筑设计转行做木工手作的姑娘，做木工是不是很有意思。她说，其实比较枯燥，一连几个小时站在那儿，在木屑堆里一遍遍地打磨，也会焦虑，怕做不好，“专心致志做一件事，听起来很好，实行很难，而日子的功劳和造化便在坚持之间呈现。”

“人生全部都是自己的时间，所以应该毫无保留、热衷地投入。”秋山师父的话虽不起眼，道理却很深刻。时间从道理上看当然都是自己的，但又有谁能说自己“有”时间？学徒日复一日地打磨木器、修炼自己，最终成为一个不仅知道怎样做（技艺），更知道为何而做（心性）的匠人，而后继续日复一日的工作，看似没有区别，但在人之为人的意义上截然两样，这大概就是秋山所谓“为天命而活”。匠人精神借由一个木匠之口晓以所有行业中人的，终究也不过是这样一句话：给时间以生命，而非给生命以时间。

书里有三张秋山的工具照片，从16岁开始使用的凿子，经过不断使用、打磨，刀刃只剩原来的三分之一。光阴如流水，时间中有一部分却从未流逝，它在人身上长久存留，这或许才是匠人真正的秘密。

我所做的一切，都是为了一个目的

去年年底，一位大哥对我说，他的好朋友L女士最近想上湖畔大学，希望我能帮忙推荐。

通常来说，被推荐到湖畔大学的学员都有非常出众的履历，比如：常青藤名校毕业，曾就职于世界顶尖企业，参与过很牛的项目，取得过一些创新性成就，等等。而L女士的简历只有半页纸，上面记录了她目前的投资情况，没有学历，也没有工作经历。

我打电话详细询问了湖畔大学招生处，了解到正是因为L女士的履历太平淡，没有任何过人之处，所以最终没有被录取。

后来，L女士联系到我，再次表达了想去湖畔大学的愿望。

那天早上的阳光非常好，我迟到了几分钟，看到她坐在一面透亮的落地窗前等我。见面后我们寒暄了几句，她给我的第一感觉是从容，总是带着淡淡的微笑。

我好奇地问她：“你过去学的是什么专业？为什么会进入投资界？我记得你过去做的是实业，对吗？”

她说：“我过去是做女鞋贸易的，但是我没上过学，只有小学三年级的文化水平。”

我感觉到L女士的背后可能有一些与其他投资者不同的经历，这让我非常感兴趣。在我的要求下，她缓缓地向我讲述了她的故事：

“我的家乡在福建，过去乡下特别重男轻女，我有个哥哥，我一出生妈妈就非常嫌弃我，老想把我送出去。但是一连五次我都没能被成功地送走，不是生病，就是对方家里遇到了麻烦，又把我送回来了。这样一来，妈妈觉得我是扫把星，总是打我，哥哥也打我，那时我的身上几乎每天都有伤。

“我12岁那年，妈妈把我扔到了千里之外的武汉，让我跟着一个亲戚学做生意。我那时候年纪小，会做的事情不多，亲戚就给了我一些鞋，让我摆地摊。我只上过三年学，但是特别喜欢看书，希望能多认识点字，就一边摆地摊维生，一边跟别人学认字。

“一晃十几年过去了，我的生意越来越好，赚了不少钱。我妈妈就命令我回家，把生意交给哥哥，她认为生意是男人做的，女孩子要嫁人，不能这么有钱。我没有反抗，把生意全部交给哥哥，只带了一两万块钱回到老家。回家后，妈妈又开始嫌弃我，虽然我那时候年纪挺大了，她还是坚持把我送到了一个亲戚家。

“到亲戚家后，我去一家女鞋厂打工，老板是香港人，他觉得我非常能干，说要给我一些股份奖励。于是我努力工作，认真研究客户的需求，按照客户的想法设计、生产、销售鞋子，业绩一路上涨。

“销售额提上去了，老板却突然翻了脸，他不承认我们之间有合伙关系，只给了我工资，就把我从工厂赶了出去。因为困惑，我沉寂了一段时间，去各地学习，不仅修习佛法，参加灵修课程，还接受类似内观的学习。

“在这个过程中，我突然醒悟，觉得人要懂得感恩。我要感谢香港老板，是他让我知道自己足以胜任女鞋产品的设计和管理；我要感谢我的妈妈，是她让我早早自立，因为她，我总会感恩生活，感谢别人对我的好；我也很感谢我哥哥，为了让他看得起我，我才那么认真、努力。

“我创办了自己的企业，生意到目前为止一直还算顺利，也赚了一些钱。现在，我开始思考应该怎么帮助更多的人做他们喜欢的事情。

“哥哥生意有困难的时候，妈妈总是打电话向我要钱，要多少我就给多少，从来不算账。哥哥开始很诧异，为什么以前他总打我，我还这么帮他，渐渐地，他被我感动了，现在我们成了朋友。虽然他的生意一直没有起色，只够糊口，但他仍然在武汉坚持着。

“我在做投资的时候，只问所有我要投资的人，你是不是真的想做这件事？是不是真的为客户着想？是不是真的想帮助使用这项产品和技术的人？你是不是真的希望你的行为能改变些什么？用一句话来概括：只要你诚心诚意地去做这件事，那我就投资。

“投资后，我不跟他们算细账，也没有所谓的对赌。而且我的投资非常简单，我只投第一轮，如果第二轮有人加入，我就退出来。我不去想上市之类复杂的事情，因为我也不懂。这样不知不觉做了五六年，大部分项目我都退出了，还都能赚到点钱，虽然不像人家那样赚几十倍、几百倍，赚个两三倍还是没问题的。

“有钱后，我帮村里铺马路，清理河道，修老房子，让村子增添了不少活力，老人们也都很开心。他们遇到困难跟我要钱，我也都给他们，我非常感谢他们，因为小时候不管妈妈把我赶到哪儿，总有人收留我。

“现在我有一个美满的家庭。我有一儿一女，我的先生是马来西亚人，每个月我都要去马来西亚看孩子，跟他们在一起我很开心。每当孩子们提出来要去哪里游玩、要吃什么的时候，我都会对他们说：‘没有人必须带你去玩、给你买这些好吃的，妈妈愿意，是因为我对你们有爱。所以你们要知道，你们得到的东西都是源于别人对你的爱。人家如果不给你，你们也不能抱怨。’因此在跟其他人打交道，或是别人给予了他们一点点帮助时，他们总是会很认真地跟别人说谢谢。

“以前我带他们出去玩，他们总是跑来跑去，吃饭时把饭菜弄得满桌都是，或者乱丢碗筷，我也会跟他们讲：‘一定要记住，你到任何一个地方，如果别人为你提供了服务，你离开这个地方的时候，应该要让这个地方比你来之前更好，只有这样，别人才会欢迎你下次再来。’所以现在我的小孩每到一个地方，都会自觉地把玩过的玩具收拾好，把垃圾收拾好。

“我到任何地方，无论做什么样的生意，都只有一个目的，就是让一切变得比原来更好。”

L女士讲到这里，停下来喝了口水，我又仔细地看了看她，她的脸上洋溢着满足的快乐，目光中充满了对爱的憧憬。我突然觉得她不像一个生意人，更像一个布道者。

MBA教材里有很多讲大道理的案例，拥有出众的学历和资历成为成功投资者的必要前提，而在L女士面前，这些都显得很多余。我认为，即使她不去湖畔大学也没关系，因为湖畔大学想要培养的就是她这样的人，从这个角度来说，她已经毕业了。

别让“差不多”毁了你的前途

你是“差不多”先生吗?

你是一个做事“差不多”的人呢?还是一个对自己要求严格，做事情尽自己最大努力，力求做到最好的“完美主义者”呢?

如果是前者，做任何事抱着“差不多就行了”的态度，那你的职业生涯估计也就是个“差不多”的状态，不会有长远的发展。

1

到年底了，部门要写年度工作总结，领导将这个工作业务同时交给了同事A和同事B，让他们每人写一份工作报告。

同事A性格大大咧咧，做事马马虎虎，平时说得最多的一句话就是“这个事情嘛，差不多就行了”。

领导安排他写一份年度工作总结，他说“工作总结嘛，随便写写就行了，每年都差不多”，结果就是他将去年工作总结里面的数据换成了今年的，其他内容没有一点变化，今年做的很多特色工作在总结报告中都没有体现出来。今年与去年两份工作总结对比一下，除了数据的变化，别的内容一成不变，我们部门内部的人清楚今年具体做了哪些方面的工作，而其他部门的人看到这份工作总结后，会认为我们今年与去年做的工作差不多，没有开展新项目，也没有取得进步。

同事B的工作总结则很全面，不仅将今年开展的工作内容在报告中一一体现了出来，而且还提出了今年工作中存在的问题，并且针对每一个问题提出了具体的解决措施。在报告最后，还提出了下一年的工作计划。不论是本部门还是其他部门的人在看过总结报告后，都能对我们今年开展的工作说出一二来。

“差不多”的做事态度，最终会毁了你的前途。

2

同样的工作，同事A在极短的时间内就能完成，在我们佩服他的工作效率时，他总会说“哦，那个嘛，做一做差不多就行了”。他这种“差不多”的做事态度，致使在工作中已经出现过多次大大小小的差错。有时候，“差不多”就会发生“差得多”的情况，从而闹出笑话，出现原则性问题。

之前，有一家公司向我们要一组数据，对方公司提供的表格模板以平方公里作为单位，而我们统计数据时习惯采用亩作为单位。同事A直接通过复制粘贴将数据从我们的表格粘贴到对方表格中，没有进行单位换算，以致数据最后出现了天壤之别的差距，给对方公司造成了很大损失。

平时，我们单位经常开会，少则一周开三四次，多则有时一天也会开几次会。我们单位的会议通知方式是行政办公室以电话的形式向各个部门通知。有一次是A接听的电话，让他通知我们部门领导下个星期一早晨在xxx办公室开会，由于会议比较重要，通知的人再三嘱咐部门领导必须参加。打电话的时间是星期五下午，那天下午部门领导正好有事外出不在办公室，A没有及时将会议通知转达给部门领导，也没有贴一个标签或者设置备忘提醒。部门领导星期一早晨没有参会，被大领导训斥了。虽然最后部门领导并没有埋怨A，但是，他那一张铁青的脸说明了他的态度。我们的部门领导是一个对待工作态度严谨、要求严格、精益求精的人，而A因为“差不多”的工作态度屡屡犯错，可想而知A在部门领导的心目中的印象如何。

还有一次，我们要采购一批新的设备，部门领导交给同事A负责，并且还多次让他留心设备型号，A说“设备型号都差不多，买回来都能用”，结果就是因为几个数字的区别，设备型号不同，买回来的设备不能用，然后又是与经销商协调更换设备，造成了大量时间和运费的损失。

我们部门每周都要开工作例会，部门办公人员轮流向行政办公室协调时间借会议室，有一次轮到同事A安排会议室，结果他安排的会议时间与其他部门冲突。虽然工作例会不是很重要的会议，重新安排一次也不会造成多大影响。但是，因为安排失误造成会议推迟，部门领导心里不爽，同事心里也不爽。虽然大家嘴上不说，表情却毫无保留地出卖了内心的想法。

同事A处理过的工作，部门领导基本上还要跟在后面收拾烂摊子。其实很明显，现在有重要的工作，或是要求细心处理的任务，部门领导基本不交给A做。至少从目前来看，他将自己的职业生涯葬送在了“差不多”这条路上。

3

同事B则截然相反，他对待工作很谨慎，考虑问题也很全面，交给他的任务，他总是一而再再而三地检查，确保无误后才会交给部门领导审核。虽然他完成一项工作花费的时间较长，但结果总会令人满意。

之前，有一家外地的公司来我们这边参观学习，他负责与对方进行沟通，最终交了一份漂亮的行程安排方案。方案里面包括了对方公司参加学习的人员名单、职位、来回的飞机航班，还根据对方停留时间的长短，安排了每天参观学习的地点和项目。除此之外，方案里面还具体细化到了参观人员的住宿、吃饭这些方面。

同事B做的方案，采用流程图的形式，别人一看就一目了然，内容也很全面，将所有涉及的方方面面都牵扯到了。讲真，惊艳了一把，成为后来我们做行程安排方案的模板。

4

你的“差不多”，领导看在眼里。一次两次“差不多”情有可原，但次数多了，因为“差不多”而导致“差得多”出现的频率高了，领导还放心将重要的工作交给你做吗？渐渐地，你将会被边缘化，做一些无关紧要的工作，甚至被“放空”，成为一个单位里所谓的“闲人”。同事A就是一个很好的例子。

你的踏实认真，领导也会看在眼里。每个上司都愿意将任务交给一个做事认真负责的人去执行，因为会省去很多麻烦，少去不必要的扫尾工作。如今，部门里面大大小小的事情，领导都放心交给同事B去做。

5

其实，从一个人平时的做事态度就能看出这个人的生活态度。做事情马马虎虎、“差不多”的人，在生活中也是一个习惯将就的人。而做事情认真、细心的人在生活中也会追求精致。

工作上拒绝“差不多”，将每一份任务，不论是大是小，都认认真真地做好，是一份责任，也是一种工作态度。

生活里同样拒绝“差不多”。生命有限，在有限的日子里，用心、认真地度过每一天，将每一天都过得充实而满足，是对生命的一种尊重！

做到这些，升职永远陪着你

1

亲戚家的一个孩子，最近又嚷嚷着要辞职，原因就是她感觉“学不到东西”。

这已经是她因为“学不到东西”而要辞掉的第四份工作了。

她妈急了，但却找不出毛病来，虽然女儿频频辞职让她操碎心，但毕竟女儿的出发点是有上进心的，渴望学到东西，只是平台“太烂”，带她的师父“太差”。

为什么升职永远轮不到你?

小丫头这份工作做的是一个行业媒体的编辑，说是编辑，其实就是复制粘贴，公司给开的工资就2000，所以也不敢多要求，她也觉得这个钱只够雇她复制粘贴的，所以她没干几天就觉得没挑战性，又要换。

但去应聘了几个“有挑战性”的工作，人家用人单位却都看不上她。

来问我怎么办。

我问她，你行业内应该有其他同类媒体吧?

她点点头，两眼放光："那当然，人家有些公司的编辑工资是我的十倍呢。"

"那你看一下人家头条标题编辑的时候是不是每条都重新起过？"我提醒。

"不知道，但我们公司就要求直接复制粘贴。"她悻悻道。

嗯，问题大概就是出在这儿了。

同样是平台编辑，有人收入两千，有人收入两万，你公司对你的预期是两千水平的编辑，所以你就放弃了对标两万编辑工作水准的观察。

一个一流的编辑，会研究标题，会观察点击，会优化排版，会提高配图视觉，增加评论反馈，每个环节都在考验出类拔萃的技巧。

任何一个岗位，你没有观察，只是抱怨，就算换一万个工作，到头来肯定是什么都没学到。

机械工作中，如果你只看到重复与枯燥，却观察不到重复过程的细微差异，那你的输出就永远无法超出预期。

这种状态无论持续多久，你都会深感徒劳无获，学不到东西。

2

跟我合租过的一个姑娘，是个部门经理，有段时间天天加班，到家后每次都耷拉着个脸，骂公司老板没人性，不下班不开会，变态！

我就问她，那大家都被留下来了啊？

她哼了一声：“没有，我老板都是分别给部门经理打电话单聊，问问部门经理这一天工作问题。想聊可以，你提前一个小时找我不行？非得踩着下班点找，太贼了。”

我哈哈大笑，你明天去别的部门转转，既然是一个一个聊，总有个先后，不可能每次就故意把你一个人放在下班后开会。

这姑娘第二天按点回来的，没加班。

异常兴奋地跟我说：“厉害啊，你猜怎么着，其他部门的人更鸡贼啊，一大早就主动给老板打电话谈工作，就我傻呵呵地等老板找我，所以他们下班都踩点发射，就我被老板拖堂，还被各种不满。”

我们身边的人，总会以各种细微而平淡的方式传递给我们一些值得学习的处事方式。

经常有人埋怨公司老板瞎了眼，自己干得昏天暗地，却不被看好，反而有些人看上去不怎么勤恳，凭啥却风生水起？

事实是，往往不是因为老板瞎，而是因为你从来没有摆正心态去观察，去学习。

相较于等问题来了你才被动应付，主动沟通去解决问题的工作方式当然更受欢迎。

3

前不久跟一个作家聊起来一个比较有意思的现象。

他说他发现，其实我们身边有很多人，都特别渴望读书，这些人都在意念中把自己想象成一个爱读书的人，所以鼎盛了很多读书为名的大号，集结了一个又一个起初热闹随后落寞的读书群。

一年下来，他们又会惊讶地发现，今年其实又没长进啊。

人没有长进，就会慌。

因为时间在不停地玩着一种大浪淘沙的游戏，随着我们老去，我们会越来越需要沉淀自身的见识与知识储备来确保我们不被抛弃。

而这恰恰，是那些抱着读书的美好心愿却永远翻不过目录页的人无法拥有的。

那些流于表面的读书，往往带给人“读书没卵用”与“什么都学不到”的幻觉。

你读一本书，不是为了背诵全文，而是观察一种人生，品味一种视角；你老板谈项目把你带出去，不是为了看上去人多势众，而是提供一个机会让你观察谈判的技巧，品味其中的得失；你出去旅游散心，不是为了换一个地方拍照，而是观察当地人的生活方式，获得人生的另一种可能。

之前看过一本书，叫《贫穷的本质》。

里边有一个观点：贫穷并不仅仅意味着缺钱，它还会使人丧失挖掘自身潜力的能力。

而自我挖掘的第一步，就是要走心，要观察。

只有察觉到，才会有被启发的可能，通过这种方式学到的东西，才会变成你知行合一的知识储备。

4

一个创业公司的老板，是我们小区的业主。

前几天一块聚在一起吃火锅，饭桌上他突然要去拿电脑写邮件，他媳妇在一边白了他一眼，说："用微信回一下不就得了嘛，不就几个产品名意见嘛，用那么正式嘛！"

他一脸严肃地说："当然不行。我要求每个员工每个修改版本都要邮件过一下，以防出了问题互相扯皮，我当然不能自己带头做反面教材。"

啪啪啪，鼓掌，太对了。

一群人待在一起共事的氛围形成机制很简单，四个字：上行下效。

老板的一言一行，员工都看在眼里，越是偷懒的坏习惯，底下的人越是学得麻利。

就算是贴个发票，也大有门道，有人贴完一次过，有人贴完返八次工，不是因为谁真有天生智慧。能不能学到东西，全看你平时的观察与用心。

刘瑜在《送你一颗子弹》里说，一个人得多么鞠躬尽瘁地浪费时间，才能在如此漫长的人生中做到一事无成啊！

无论是多机械多简单的工作，都能在细节上分得出三六九等。大多一事无成，都是因为自己从未沉下去。

“操千曲而后晓声，观千剑而后识器”，是久病成医，是大器晚成。

颜料持久的秘密，十四行诗的爱情，是巧夺天工，是莎士比亚的经典韵律。

就如梁实秋所说：你给生活意境，生活才能给你风景。

你的处境从未封杀过你感知世界的触角，只是因为你两眼一闭，愣是以为自己不住豪宅就喘不动气。

不要被别人毁了你

我小时候最亲密的玩伴是堂姐，她比我大三个月，一个屋檐下长大，是亲戚、邻居、同学、朋友，但也是仇人。

我们总是因为小事争吵，争得不可开交的时候就开打。纠缠在一起，奋力去揪对方的头发，另一只手也不闲着，抠准一小缝肉，狠狠地掐下去，保管让对方疼得尖叫连连。但打人的事一旦发生，双方家长就会介入，我妈和她娘又要乒乒乓乓干一场，波及面太大，影响家庭大团结，一般不常干。

主要还是争，一触即发地争，义愤填膺地争。回忆童年时光，不管我的怀旧情绪走到哪儿，堂姐撇鼻子、瞪眼睛、小嘴巴噘得啾圆奋力分辩的表情都会来作陪。

我们争的话题也很小，牛郎星大还是织女星大，蛇精厉害还是蝎子精厉害，你家有钱还是我家有钱。

一个说，你家有钱，你家有电视机。

一个说，你家才有钱，你家有新房子。

一个说，你家有钱，你家有自行车。

一个说，你家有钱，你家老吃肉。

如果接下来的那个没话说了，就会气得一连半小时都不说话。

六岁以前，我都是最先词穷的那个，每次战后，都气得跑到猪圈里去打猪，打得它满场飞奔，以至于我妈特别纳闷，食也吃得欢，怎么这猪就是不长膘？

后来，我发誓要雪耻，闭门一周，苦苦修炼吵架术，皇天不负有心人，终于在第七天早上，我悟了。从此骂术突飞猛进，几乎战无不胜，几个月下来，把她气得说不出话来，不敢再进我家的门，路上见了，就像棵蔫了吧唧的狗尾巴草一样低着头，遇到什么事，都要怂三分。

这个一招即出万马齐喑的绝招其实很简单，就是搬出“别人”。

比如上一个争执。如果我是接下来的那个，就会说，你家才有钱，别人都是这么说的。

在这个强大、神秘的“别人”面前，堂姐立刻停了嘴，一脸惧色，啊，别人真是这么说的？

那还有假？

有时为了加强表达效果，更有可信度，让她毫不怀疑，我会捏造一些人物、场景、情节。

后来，我眼见着她在“别人”的阴影里直不起腰，变得自卑和脆弱，说话细声细气，走路瞻前顾后，更甭提追求真正想要的东西，从小就学会了揣测着别人的脸色过活。

我姑姑是个真性情的人，看不惯她的惴惴不安，经常白着眼说："金金怎么这么小胆？一点都没朝气！"那时，我一点也没觉得良心不安，反而天真地以为自己赢了和她的八年抗战。意识到这种行为之可怕时，已经到了十来岁，那时，八面埋伏的"别人"同样侵入我的生活，干涉我的言谈举止、思想观念。

这个将"别人"引入家中的好客者，是我的父亲。他一辈子都在不厌其烦地说别人家的孩子、别人家的房子、别人家的车，还添油加醋地转达别人对我们家人的差评。

他粗着嗓门，使用我当初对堂姐用过的招数，以其人之道还治其人之身地来攻击我，"你是不知道别人怎么说你？"

我立刻紧张成一团，逼他说下去，"我怎么了，别人怎么说我了？"

"我都不想说啊……说你骄傲，说你什么都办不好……"他滔滔不绝地说着。

年少时容易受心理暗示，在这些刻薄的字眼和"别人"的轻贱鄙夷中，觉得满世界都是敌意。于是特别痛苦，厌学厌世厌弃自己，觉得活着本身，就是一种无期徒刑。

这种被社会所排斥的不安全感，我很久都未能消除。做一件事情，首先考虑的是他人的看法，我这么做，别人会认可吗？别人会觉得好吗？好在后来终于倔强，放弃与他人同化，放弃讨好低级舆论，一意孤行地只想做好一件事，只想对自己负责，再不管“别人”说三道四。这样一想，反而自由了。

萨特写过一个《幽闭》的哲理剧，讲他人的关系、禁锢和自由。

戏剧设在地狱的密室中。密室里没有镜子。没有了镜子，人就只能把他人当作镜子，通过他人来认识自我。三个主人公都是有罪者，他们互相折磨，钩心斗角，都不能获得解脱和自由。

“何必用烤架呢？他人就是地狱。”

这句话无比准确地说明了“他人”的可怕，就像一道枷锁，奴役自由意志，强迫我们做出违逆自我的决定。比如正在读这篇文章的你，可能也上了不喜欢的学校，买了不喜欢的衣服，说了有违内心的话，归根结底，都是被“他人”所支配，想顺从，想讨好，想获得他人的认可。但后来，你一定也发现这种讨好得不偿失，“别人”那么多，即使疲于奔命，也不可能面面俱到。某一天回首半生，发现自己没做成一件无愧于自己的事情。几乎所有的认真，都用在人事关系而非事情本身。

这是值得的吗？我不知道。但我还是觉得，像我堂姐那样被“别人”吓得肝胆俱裂的孩子，真的很可怜。

顺便说一下，现在，她活得很好。只是，偶尔去看她的说说，我心里都很辛酸，因为没有一句是在表达快乐。

只有努力，是远远不够的

话说美国有一个化学教授得了诺贝尔奖，《纽约时报》找不到他的照片，就派了一个摄影记者去学校找他给他拍照片。

他问："为什么要替我拍照片？"

"因为你得了诺贝尔化学奖，很伟大。"

"我伟大不是因为我的脸蛋，而是因为我的屁股，因为我可以一天15个钟头坐着做化学实验，所以请拍我的屁股吧。"

我自己也是屁股最厉害，我脸蛋长得并不怎么样。我曾经坐在椅子上58个钟头做一个四分钟的电视片头；我曾经42天没有打开门，关在屋子里面做一件事；我曾经花了四年时间，到日本画了40本诸子百家跟四格漫画。

1

大概四岁的时候，爸爸送给我一个小黑板。他教我识字，第一个写我的名字，然后写天地行、孔乙己。所以我四岁半就开始学写字、学看书，也从这个小黑板发现了我的人生之路——画画。

我很爱画，也很会画，只要不饿死我就要画上一辈子。当时最接近画画的就是画电影招牌，所以四岁半的我就立志要画电影招牌。我从四五岁开始就可以自己搭车从乡村去城市，那时没有绑架小孩的，所以父母也不担心我的安全问题。长大一些我去彰化市、云林市那些专门画电影招牌的地方，站着看他们画。

我九岁的时候，台湾流行漫画，我那时候就立志要当漫画家。当时我就觉得漫画最主要的是内容，内容才是王道。我画漫画只花1%的时间去画，其他99%都是在编故事，无论庄子、老子，还是后来的物理、数学。

我初中二年级的时候画了四页漫画寄给台北的集英出版社。出版社不晓得我几岁，就说你画得很好，我们请你当漫画家。接到信的那天下午，我跟妈妈说："妈妈，明天我要坐早班车到台北了。"她说你要跟爸爸讲一声。我平常很少跟我爸爸讲话，那天晚上我爸爸吃完饭，坐在藤椅上看报纸。我就站在他后面，说爸爸明天我要去台北。他说去干吗，我说去画漫画。他问找到工作了吗，我说找到了，他说那就去吧。

第二天早班车，他好像去田里，我就拎着皮箱先坐公车到彰化，然后搭平快。他给我两百块，搭平快32块，到台北又花了三块半坐三轮车——我说的是台币，其实就是带了40元人民币。

坐火车的时候，我走到最后一节，看着铁轨往后面跑。我对着故乡说永远不回来了，再也不回来了。我肩不能挑、手不能提，做不了农夫，我爸爸妈妈以前都说我以后只能去路上捡牛粪——以前乡下有这个行当，断了手的或是跛脚的，带着一个竹笼，沿路去找牛粪，晒干了可以卖钱。

2

到台北，那个老板才发现原来我这么小，没有比皮箱高多少。第二天早上，我四五点就起床了。从以前在乡下的公鸡叫声、狗叫声，突然变成卡车发动的声音和喇叭声，我突然发现，哇，我已经是职业漫画家了，就非常高兴。

我从15岁画到20岁，从一张八毛钱画到一张一块半。当时画漫画必须要非常快，一个月要画456张。我们每一本是152张，这样才刚刚好可以在台北过得还不错，可以去看电影，可以做衣服，可以买唱片，所以我就训练画得非常快非常快。

我的一生都是自己想，就像我们打开门走出去是知道要去哪里，我们开车上高速公路是知道目的地，然而人生这么长的旅程，居然99.99%的人都不晓得他要去哪里。我四岁半就决定一生，到今天都没有改变。

35年前我在日本。我的日语不够顺溜，想让日本出版社愿意出我的书希望渺茫。所以我就思考：画什么东西可以非常畅销，并且是日本漫画家画不了的？想来想去决定画诸子百家。

我刚开始打了80多张初稿，找讲谈社的阿久津先生给他看，他说这个肯定很畅销，这本书一定要给我们讲谈社出版。我说，对不起，不是一本，是30本。我从一开始就想明白了，在画之前就知道一定很畅销。

3

其实我的人生观，可以教你们一点——我已经68岁，有资格这么说。我觉得努力是没有用的，小学三年级我就知道不能跟在老师后面亦步亦趋，我从来都是自己的问题自己找答案，所有的东西都自己学。

为什么努力是没有用的？老师或父母老是说努力，努力就会走到巅峰——才怪。如果这样，不是所有人都走上巅峰了吗？没有人开始不努力，为什么后来不努力？因为努力没有效果。人生不是走斜坡，你持续走就可以走到巅峰；人生像走阶梯，每一阶有每一阶的难点，学物理有物理的难点，学漫画有漫画的难点，你没有克服难点，再怎么努力都是原地跳。

举个例子。第二次世界大战结束后，各国决定成立联合国。联合国的地址首选是伦敦、巴黎或纽约，可是光盖大楼就要花860万美元，没有人愿意捐土地给联合国。小洛克菲勒知道了，宣称他要捐给联合国。所有人都觉得这个完全没有利益，可事实是，洛克菲勒买了一大片土地，只将中间那一块捐给联合国，当联合国大厦建成后，他的土地涨了十倍，所以他虽然捐了860万美元，其实赚了8600万美元。

这个例子当然不是说不去努力，关键是要会思考。我的结论就是人生其实很简单，只要你找寻你最拿手、最喜欢的事物，把它做到极致，无论做什么，没有不成功的。你做迷魂汤、做水晶包或做漫画家、工程师，都一样。

当你在做的过程中，要比其他人快，比其他人好，然后你越做越快、越做越好，你就会进入到第三个状况，就会身心合一、排除一切。这个时候，你会发现人生的最大秘密，原来工作不是负担，而是人生最大的享受。

Part 5

追求美好的行为，都不是矫情

用舒服的方式做喜欢的事，
生活、恋物、求知、远行、齐家，
完全可以自然随性一些。
只要三观不倒，便不是矫情。

追求美好的行为，都不是矫情

朋友A是广州美院的教师，因为喜欢怀石料理，喜欢在艺术餐厅里浏览《罗博报告》，喜欢文玩和手工艺，因此被贴上“喜欢享乐”“矫情”的标签。同游日本时，她因执意要买永井荷风的散文而被同事称为“高冷、矫情”。反之，另一位女友B，因为极爱吃路边摊、热衷烤串和麻辣烫、说话不修边幅、常与各种青年一起玩乐而被大家认为是好相处、率性的女孩。

不知从何时起，那些美好的事物成了不光彩的存在，垃圾食品与快餐文化反而成了“诚恳”的代名词。殊不知，当我们开始嘲笑“精巧”之时，糟糕的文化已经光明正大地登堂入室了。

积极上进的朋友C，因醉心书法与长笛、不喜应酬而被别人视为不正常、故作清高的“娘娘腔”。那自然是一群混乱的相对主义者，他们贫瘠到令人同情的理解能力根本无法理解和忍受别人的不一样。C起早摸黑为了生活而努力，家庭事业都经营得挺好，何以因为爱好不同而受人恶语攻击？

一次，在动车上听人讨论：“刚在候车室里看到个老大不小的女人，拿着一本厚厚的书在那里装，就好像她很有文化一样，真能装！”我想说，我在法国所见，地铁、汉堡店，几乎所有年龄段的女性都人手一本书，即便手上没有，包里也必然会有。在阿兰德机场、布拉格伏尔塔瓦河，早餐厅里随处可见读书、看报、写日记的女人。文化均由熏陶而来，而并非装。

母亲去菜市场买菜，习惯穿着好看的衣服。因为她认为，任何场合都不该放弃追求美的心情。我想说，有的女人并不貌美，但她们在菜市场举止优雅、和声细语，心血来潮时还会买上一盆小绿植，这绝非矫情。只要合适，穿美津浓并不会比穿耐克显得矫情；参加老翻译家的茶会，也并不比在酒吧里喝得烂醉显得矫情。同样做销售，有人下班后觥筹交错，有人却赶着回家辅导孩子。不必解释为了生活云云，人人都需要生活，只是人家和你活得不一样罢了。

别人喜欢讨论哲学，就是为了讨论哲学；别人喜欢去哥本哈根的沙滩听爵士乐，就是为了听爵士乐；别人去已故外祖母坟前冥想，就是为了冥想，别人做很多事情是完全出自内心喜好，并非矫情。难道一定要认为《小苹果》与《勃兰登堡协奏曲》之间没有高低之分才是接地气吗？

你身边是否也有这样一些人：他的身材已经很好，却还在坚持锻炼；他已经很有文化，还在坚持学习；他已经不年轻，依旧化好看的妆；他能将猪肉、大葱吃得别有滋味，也能将粗茶淡饭放置于素雅的棉麻桌布上……这些从来都不是矫情。

我们可以不理解别人为什么听见马勒会潸然泪下，可以不理解人文对人性的深远影响，但千万别去否定这些事物的动人之处。用舒服的方式做喜欢的事，生活、恋物、求知、远行、齐家，完全可以自然随性一些。只要“三观”不倒，便不是“矫情”。

做回最真实的自己

父亲大学毕业后当了镇上的初中语文老师，算起来已经20多年了。那时候，上过大学的凤毛麟角，所以父亲在村里很受人尊重。我小时候为有这样的父亲而骄傲，我那时的愿望就是长大了成为像父亲一样的人。可这一切在我18岁时发生了翻天覆地的变化，父亲不再是家里人的骄傲，反而变成怨恨的对象。

事情要从我18岁生日那天说起，为了庆祝我的生日，父亲特地从镇上买了个大蛋糕和几箱啤酒，并请了亲戚朋友来参加。父亲那天很兴奋，喝了不少酒，就在大家觥筹交错之际，父亲醉醺醺地对我说："从今天起你就是成年人了，以后凡事要靠自己。我养了你这么多年，也算是尽到责任了。我要去做我想做的事情了。"我问父亲他想做什么事。父亲说："我打算搬到山上去住，不教书了。"众人一听都愣了，母亲赶忙打圆场，说父亲喝醉了，在说胡话。大家都以为父亲在说胡话，谁也没有说什么。

第二天，父亲像往常一样出了家门，我和母亲都认为父亲去学校继续教书，可很快父亲又回来了。母亲问父亲为什么回来了，父亲说他辞去老师的工作了。母亲以为父亲昨天的酒劲还没缓过来，就问父亲是不是在开玩笑。父亲有些不耐烦地对母亲说：“我没有开玩笑，我说的是真的！我当了20多年老师，早就当够了！明天我就搬到山上去住！”母亲听完父亲这番话，顿时火冒三丈，指着父亲愤愤地说道：“我看你真是疯了！老师这么好的工作，别人打着灯笼找都找不到。你倒好，说不干就不干！你还要到山上去住，你到山上去干什么？”“我厌烦了现在的生活，想换个活法。”父亲说。“你换出活法了，我和孩子怎么办？你不怕别人看笑话，我还怕呢！”我看到母亲眼眶里盈满了泪水。“别人爱怎么说怎么说吧！人活着不是给别人看的，是给自己看的！”父亲看了我一眼，继续说，“我当老师挣的工资都给你和儿子，我一分也不要！儿子现在大了，也该自力更生了。”母亲听完父亲的话，什么也没有说，蹲在地上呜呜地哭了起来。

第二天父亲就带着衣服和被子到山上去了，我也跟着去了。到了山上，我发现了一间简陋的小房子，里面有张床和一些简易的做饭工具，我忽然明白了，父亲打算住山上原来是“蓄谋已久”的。我问，父亲非要住在山上吗？父亲说：“谁想活出自己就必须与尘世保持距离。”我又问，父亲打算在山上待多久？父亲说：“可能几个月，可能几年，也可能直到死。”接下来的两年我时常给山上的父亲送些生活必需品，母亲在一旁看着没说什么话。我不知道母亲心里怎么想的，或许她还在等着父亲有天能回心转意从山上下来吧。

自从父亲到山上住了之后，我发现村里人看我和母亲的眼神有些异样，渐渐地我和母亲也习惯了。我有时候觉得父亲挺自私的，但一想到父亲谈到活出自我激动的神情时，我又觉得父亲不仅应该得到原谅，而且值得赞扬。因为他生活在另一个高度，一个很多人终其一生都无法达到的高度。

掌控生活的速度，领略生活的美好

李斌先生在文中谈到，大学时的老师来北京出差，邀请三两门生去喝茶。

老师亲自沏茶、斟茶，并传授洗杯、闻杯、品茶的技巧。临走时老师特别叮嘱：“只有学会停顿，才能发现不同的自己，工作再忙再累，也要给自己留出一点品茶静思的时间。”

不禁想起李商隐的《夜雨寄北》：“君问归期未有期，巴山夜雨涨秋池。何当共剪西窗烛，却话巴山夜雨时。”通常认为这首诗表达的是诗人对远方妻子的深情思念。但换一个角度，便不难发现其中有更值得玩味的情境：一个人听着窗外的夜雨思念另一个人会是怎样的心境？如今还有谁会谛听一场夜雨？会在夜雨的淅沥声中思念远方的那个人？

忙是一种节奏，是一种标志，也是一种生活。现在社会，何人不忙？何事不忙？生活的逼迫、学习的压力、梦想的追求，常常让人行色匆匆，不肯停下脚步。于是，在努力拼搏的过程中，我们有时候会感到无力、彷徨、孤单，与其在苦难的泥潭中挣扎，不如停下来。

曾经看到过这样一个故事，有个老太太，每天回到家，打开门后，并不急于进家，而是要过两三分钟才进去，仿佛在静静地欣赏着什么。

邻里见了，不解，问她为什么不进去。她笑着说："我在静静地等待尘埃慢慢落下。"在光影中，这慢慢落下的灰尘，变得格外曼妙。这个静谧的片刻，我看到了尘世间的华美和婆娑，心灵得到了一种愉悦和享受。看着尘埃慢慢落下，实在是人生最大的幸福。

俄罗斯人向来以慢著称：走路慢、吃饭慢、看报慢。但是这种慢，也从侧面体现出了俄罗斯人的一种幸福感。走在街头，不难发现，人们的生活甚是悠闲。父亲带着儿子漫步在红场有说有笑，老太太们个个神采奕奕。俄罗斯美女则打扮得花枝招展：墨镜、皮包、皮靴，散步似的走在上下班的路上。

俄罗斯人的幸福感不仅仅是由凉爽的气候和地理位置造就的，更是受到政治、经济、文化多方面、全方位的复杂体系所影响。在日常工作方面，人们工作节奏慢，白领的上班时间一天不超过六个小时，下午茶时间和午餐时间已包含在内；不可思议的是，每到下班时间，他们会立刻放下手中的工作，哪怕手上的事情完成一半，也即刻停下。

立陶宛有一种螺旋树，这种树在幼年时，长势过快，一味地疯长，顶端的幼芽就显得柔弱，经不起风吹雨打。每当刮风下雨，这些脆弱的幼芽往往不堪一击，几乎全被毁掉。顶芽被毁后，螺旋树就生长出许多侧芽来顶替，这样一来就渐渐地长成了弯弯扭扭的螺旋树。做任何事情都不能急于求成。要循序渐进，一步一个脚印地去做，这样才能为成功打下坚实的基础。

没有人可以精力无限、奔腾不息，忙碌周期与休憩周期相结合才能让生命充满精彩。适度的停顿犹如登山过程中的休整，是从胜利走向胜利、从激昂迈向激昂的必经阶段。就像电影镜头，长短镜头结合在一起，才会形成缤纷多彩的画面节奏。

古人在驿道旁建造亭子，让人们暂时停下疲累的脚步，正是为了让人们更好地赶路，让人们在“停”中补充体力，增添力量，让人们把后面的路走得更轻松，走得更快捷。“停”是为了更好地走，这是中国古人智慧在“亭”中的形象体现。

“明月松间照”，照一片娴静淡泊寄寓我无所栖息的灵魂；“清泉石上流”，流一江春水细浪淘洗我劳累庸碌之身躯。仁者爱山，智者乐水，面对山之厚重、水之浩渺，难道你就不会有些许感悟吗？那洗净铅华的心灵同样可以清丽脱俗、摄人心魂，过去的就让它过去吧，现在你需要重新起航。不偶尔停一下，你如何能直挂云帆济沧海呢？

约翰·列侬曾说：“当我们正在为生活疲于奔命的时候，生活已经离我们而去。”如果我们能掌控生活的速度，也许就能找到最适合自己的生活节奏，知道什么时候加快脚步，什么时候必须驻足，什么时候又该跃起。放慢脚步，倾听内在的声音，听听鸟儿的呢喃，闻一闻夏荷的馨香，看一看草尖上的露珠，尽情领略生活的美好，成为生活的主人、美的发现者和欣赏者。

你的为人，从你下厨可以预见

1

昨晚朋友周周约我一起吃火锅，我说晚上想要吃一些清淡的食物，而且长期在外吃不仅不卫生，也没什么营养。

周周说，我都不记得我有多久没在家里做过饭了，冰箱太久没用都有异味了，也懒得去收拾，估计连蟑螂都不会来光临，因为它根本找不到一点食物。

你是什么样的人，看你做饭就知道。

我说这不是问题啊，你稍微清理一下，就可以做了。她说，我早上起床洗漱的时间都靠挤，而且匆匆忙忙地出门，一般在路边摊买一个鸡蛋饼凑合着当早餐，到了下班时间，更是懒得回家再亲自下厨了。

同样是上班族，我想起了另一个朋友天天，她每天早起半小时给自己做早餐，会自己用黄豆打豆浆，会蒸老面馒头，还会用平底锅煎一个心形鸡蛋。到了晚上，她会在下班路上顺带买一些蔬菜瓜果，回家做自己喜欢吃的东坡肘子。天天的一日三餐从没有懈怠过。

祖宗说，民以食为天；《孟子》说，“食色，性也。”

无论平时工作再忙再累再辛苦，依旧有闲情逸致懂得照顾好自己的胃口，依旧有好心情和好状态为生活增滋添色、在乎健康营养的人，多半拥有一个乐观的生活态度。

一个人是否下厨可以大致看出他的生活态度。

一个早上睡懒觉赖床的人远没有早起为自己做早餐的人积极乐观。

同时在下班后，依旧能为自己下厨的人，懂得在繁忙的工作中抽离，悠闲的生活中转换，无论白天遇到如何棘手和不顺的事，依旧能够享受和体验生活。这样的人更豁达开朗，拥有从容淡然的好心态。

2

下厨还能看出一个人的生活品味和情趣。

有一次朋友娜娜请我周末聚一聚，我说不如就在家做饭吧。

那天到了她家以后，我发现满桌子的美味佳肴。但却丝毫没有吃的欲望。

比如她做的水煮鱼，本来味道不错，但盛菜的碗，居然是一个四处有缺口的大瓷碗，而且这个瓷碗由于长期直接放在炉具上温菜，碗的四周又黑又脏，看起来像是没洗干净一样。虽然蚝油鸡翅口感特别好，鸡翅也很鲜嫩，但装盘时看得出是一铲子就倒在了盘里，蚝油都流到了碗边，看起来流汤漏水的。

吃饭时我对她说，你的厨艺是不容置疑的，但你摆盘和装饰菜品的能力差了点。

娜娜说，反正都是吃，只要能填饱肚子就行了啊。后来我进厨房盛饭，看见厨房里面一片狼藉，菜板上有残留的肉片，葱姜蒜末、蔬菜叶，而且红油清油洒满了灶台。

其实娜娜下厨的能力就跟她平时在生活里一样，人很实在，就是少了一些品位和审美。

但后来娜娜恋爱了，他男友就有很高的生活情趣，于是渐渐地也带动了娜娜。如今娜娜做饭会放着温和柔软的轻音乐，一边择菜一边做饭，她说只有心情愉悦时做出来的饭菜，才有温度和口感。

现在她做饭，会经常利用烧开油锅的间隙，顺便整理灶台，她说在一个整洁卫生的厨房，做出的饭菜也格外干净卫生。

而且她还会利用新姜、青蒜、喷鼻菜切成丝或做花叶形状，用于炸制菜的点缀。还会用洋葱、青椒、黄瓜等作为盘子的装饰。

一个下厨时也注重做饭细节，懂得在最细微的地方不放过对美的追求，不仅做到好吃也要追求好看的人，拥有很好的品位，也有很高的生活情趣。在生活里也绝不是一个邋里邋遢，不修边幅，没有美感的人。

其实下厨最能看出一个人的品位和情趣，从你刀工、烹饪、点缀和装盘的一系列烦琐的过程中，可以看出你的审美力和鉴赏力。

3

我姨爹在外是个顶梁柱，在家却是一个疼家人的煮夫。只要有空他一定会下厨给全家人吃。

通常他做的饭菜，姨妈一家人最爱吃，首先因为他能满足每个人的胃口。

比如家里有老人，他会做一些易咀嚼、味道清淡的菜，如清蒸鲤鱼、老鸭汤等。家里有孩子，他会自己油炸薯片做土豆沙拉。而每个月妻子生理期快到时，他做的菜通常都是少辣椒多滋补类的，比如清烧牛肉、海带炖乌鸡等补铁、补钙的营养菜品。

其次，他懂得照顾每个人在吃饭中的情绪和需求。比如我姥姥不喜欢吃大蒜，在炒蒜蓉白菜时，他会特别分炒一小盘给她。

比如我表弟喜欢吃辣，即便是在素炒青菜时，也不忘给表弟做一小碟辣椒酱。而且我姨妈长期肺热，他会每周给姨妈做冰糖银耳炖雪梨的润肺甜品。

姨爹做饭还有一个最大的亮点就是知道哪些食物可以健脾扶阳祛湿，哪些食物又能平肝补肾润肺，哪些食物还会活血清热益气。

比如天气干燥时，他会多煮爆炒猪肉，因为猪肉补肾养血，滋阴润燥。在炎热的夏天，他会常做排骨炖藕，有消食、生津、止渴的功效。比如在寒冷的冬天多炖羊肉，因为羊肉是温补气血、暖中驱寒的好东西。

下厨还可以看出一个人的智慧，懂得在安排菜品时考虑每个人的口味和喜好，懂得充分体现出对每个人的在意和照顾，懂得食材选择、荤素搭配，根据体质状况而做出众口皆调的菜品，实在令人佩服。

厨房里的那些事儿，看似简单，其实也有很深奥的学问，因此下厨还能够锻炼和提高一个人的情商。

4

汪涵在一档节目中说过一句话令我记忆深刻，他说翻炒就是情感的升温，糖醋就是情感中的蜜意，做一碗面条何尝不是柔情。

人都是吃五谷杂粮，长期在柴米油盐的生活里浸润长大的。于是一个人下厨时的心理状态、食材选择、菜品搭配等其实也影射了你个人的生活态度、品味情趣以及情商智慧。

有些人生活工作一团混乱，连吃饭都不好好吃，更不要提下厨了。于他们而言，烦心事每天一大堆，身体累得不行，能睡着躺着坐着就不喜欢站着，谁还怀有饱满的热情去做饭。

而有的人即便生活压力再大，经济条件再差，也懂得为自己做一顿芳香四溢、合心合意的饭菜。令自己胃口愉悦，也让自己开心的人，生活态度一定够积极。

同样是做饭，有的人只管煮熟做的够吃就行，丝毫不注重菜色的搭配、材料的选择，或者餐盘的取用。通常这类人对生活的感知能力不强，囫囵吞枣，随随便便的过生活。

而有的人，即便是做一道番茄炒鸡蛋，也懂得用一个精巧别致的盘子装，最后撒上一些小葱，红黄青三色看起来让人大饱眼福和口福。

这样的人，拥有较高的生活情趣，懂得在最平凡简单的生活中，缔造有品位有质感的生活。

有些人做饭只管做自己爱吃的，从不顾及别人喜欢吃什么，或者总是做不合时宜反时令的菜。

而有的人，懂得每种食材的营养价值，也能照顾到所有人的吃食要求。即便煮一锅米饭，也考虑到每个人的食量大小、黏度浓稠、饭质硬软等多方面问题。

你是什么样的人，看你煮的每顿饭、炒的每盘菜，炖的每碗汤就可以知道。

以不变应万变，才是最好的方式

前不久，国内来了一个考察团，领队之一是我多年的好哥们儿。有天陪他们和日本公司代表开会，我建议他们比会议时间提前三个小时到涉谷，打算先带大家去购物。结果呢，我哥们儿戴着墨镜、脚步虚飘飘、气若游丝地出现了——宿醉，严重宿醉。

看他这样子，虽然我感动于他挣扎着按时来和我碰头，但我觉得三个小时后他也无法好好开会，这对日本公司来说太失礼了。那哥们儿说，找个按摩的地方再睡会儿就好了，可是，日本好一点的按摩店基本都要预约，而且就他这种酒气熏天的状态，日本按摩店完全可以婉拒。

他又说，那就开个钟点房好了。拜托，东京酒店一房难求，何况日本酒店根本就没有钟点房这一说！我们差点把他扔进出租车送回酒店休息，但扣除来回路上的时间，他在酒店也休息不了多久。大家七嘴八舌地出主意——去咖啡馆？空间太小，没法睡。去美甲店？去发廊？终于，我说了一句让大家顿时安静的话：你，愿意去爱情旅馆吗？

片刻安静之后，大家沸腾了，爱情旅馆啊，AV之国的爱情旅馆啊！我那半昏迷状态的哥们儿都来了精神，猛点头。但是，日本爱情旅馆有一个规矩，只接受一男一女入住，所以我得陪他去办入住。

虽然说我和他是多年的好友，但男未婚女未嫁去爱情旅馆，万一传出什么绯闻，总是不好的。于是我问，还有没有人要和我们一起去。于是我带着两个女生，加上好友，四个人很快找到了一家爱情旅馆——毕竟涉谷也是个灯红酒绿的富贵温柔乡嘛。

进门之后我心里也很忐忑，毕竟是第一次进来。和传说的一样，为了保障入住者的隐私，爱情旅馆的大堂会有层层隔断或者屏风，任何人进了门，几乎看不到其他人。沿着隔断拦出来的弯曲路径，我们找到了前台，只是一个小小的窗口，窗口还挂着大半个布帘，连酒店工作人员也看不到入住者的脸——当然，更不需要任何身份证明了。

酒店小哥隔着布帘很快办好了入住手续，只入住两个小时是可以的。拿到钥匙，我挥挥手，两个来看热闹的女生迅速跟上，结果我们刚走到电梯口，布帘后的小哥就以迅雷不及掩耳的速度蹿到了我们面前，严肃地说："只有两个人可以去房间！"他都没有使用敬语，以表示这件事毫无商量的余地。

事发突然，我也想不出什么借口，当时脑子里的念头就是挂个布帘有什么用啊，你还不是偷偷从监控探头里看着我们！

另外两个女生马上打退堂鼓，说不去房间了，可我在乎名誉啊，只能恳求她们务必在酒店外等我。我紧张地陪哥们儿进了房间，抓紧时间拿手机咔咔拍了照，就冲了出来。

两小时后，哥们儿神清气爽地出现了。睡饱了的哥们儿恢复了商业头脑，拉着我说："既然东京酒店这么难定，咱们给中国游客定爱情旅馆吧，房间很宽敞，设备齐全，和普通酒店房间没有什么差别。"

可是，爱情旅馆就是不开放给游客。他们依然坚持着苛刻的入住和退房时间，坚持不接受连续入住，两个晚上都不可以，甚至坚持必须一男一女才能入住。

即使现在日本的爱情旅馆生意普遍大不如前，即使面向游客的普通酒店一房难求，爱情旅馆依然高傲地坚守着。

大概是这次爱情旅馆的经历给哥们儿留下了太深刻美好的体验，他反复问我，有没有办法打开渠道，我只好帮他联系了一家日本地产公司的负责人，他认识很多爱情旅馆的业主。答复是一样的，爱情旅馆不会为了游客变更经营方式。

理由呢，非常简单——谁知道中国游客什么时候又变了呢？虽然猜到了答案，但这个理由还是略出乎意料，但细想又觉得完全符合日本人对中国游客的态度，总结下来就三个字：看不懂。

首先，日本人至今还会问我，为什么这么多中国人要来日本？

为什么他们来日本要买这么多东西？日本的东西真的很好吗？日本的东西比中国便宜吗？问得我都烦了。尽管日本媒体一直在用“爆买”这个词形容中国游客，甚至现在直接用“爆买的人”来代称中国游客，可是日本人至今还是弄不懂为什么突然间来了这么多中国游客。

其实，普通日本人对中国的印象有点两极分化，既觉得中国是日本的“老师”，中国人不用这么喜欢日本的东西，又觉得中国人应该还在辛苦生活，怎么突然就比日本人还有钱了呢？为什么韩国游客、美国游客也来日本，但是只有中国人最爱花钱呢？这个现象，日本人想不通啊。

其次呢，日本人无法理解中国人来日本热衷购买的东西。奢侈品，难道中国没有奢侈品吗？至于买电饭煲、酵素，这是广大日本群众最难以理解的。好多日本人跟我说，在中国游客“爆买”之前，他们都不知道日本有这么高级这么贵的电饭煲。至于酵素，好几个日本人都问我，中国人买了干吗，因为在日本，酵素是用来洗碗的，并不是吃的……

最后，也是最重要的，日本这个民族的危机意识在媒体报道中体现得淋漓尽致。和国内想象的不一样，日本媒体并没有集中贬低中国游客或者大肆报道中国游客的各种不文明行为，最多的负面声音是“中国股价跌了，中国游客不会再买了”“已经爆买一年了，这个假期中国游客还会再来买吗”“人民币大跌，中国游客购买力将大幅下降”……

我曾经碰到过日本金融界的资深前辈，他非常认真地问我，股市跌了会不会影响中国游客的购买力？也有动漫公司的女生问，听说中国游客都不买东西了，改去日本农场摘草莓了，这是为什么呢？

综合起来，就是日本的任何行业，都不打算为中国游客做任何改变，因为他们搞不懂中国游客的需求，而满足日本的国内市场，服务好老主顾永远是最安全的。又或者说，这个曾经从风光无限的经济高峰摔下来的国家，已经变得更加谨慎，以不变应万变，坚持再坚持，活下来的就成了传奇，成了匠人精神，而死了的企业，就死了呗。

这么说起来，爱情旅馆不接受游客也是可以理解的。谁知道，中国游客什么时候又变了呢？

一个靠谱的人，更值得信赖

巴菲特每年都会同大学生进行座谈，在一次交流会上，有学生问他："您认为一个人最重要的品质是什么？"巴菲特没有正面回答这个问题，而是讲了一个小游戏，名为：买进你同学的10%。

巴菲特说：现在给你们一个买进你某个同学10%股份的权利，直到他的生命结束。你愿意买进哪个同学余生的10%？你会选那个最聪明的吗？不一定。你会选那个精力最充沛的吗？不一定。你会选那个"官二代"或者"富二代"吗？也不一定。当你经过仔细思考之后，你可能会选择那个你最有认同感的人，那个最有领导才能的人，那个能实现他人利益的人，那个慷慨、诚实，即使是他自己的主意，也会把功劳分予他人的人。然后你把这些好品质写在一张纸的左边。

现在再给你一个机会，让你卖出某个同学的10%，你会选择谁？你会选那个成绩最差的人吗？不一定。你会选那个"穷二代"吗？也不一定。当你经过仔细思考之后，你可能会选择那个最令人讨厌的人，不光是你讨厌他，其他人也讨厌他，大家都不愿意和他打交道。因为此人不诚实，爱吃独食，喜欢耍阴谋诡计，喜欢在背后说人坏话，喜欢过河拆桥、落井下石，等等。然后你把这些坏品质写在那张纸的右边。

当你仔细观察这张纸的两边，你会发现能力强不强并不重要，是否美若天仙也无所谓，成绩好不好根本没人在乎。左栏那些真正管用的品质，全都是你可以做到的，只要你愿意行动，你就能拥有这些品质。而那些坏品质，没有一个是无法更改的，只要你有决心，你一定能改掉。如果你能够做到左栏写的，摒弃右栏那些，你就会成为人人愿意买入10%的人，更好的是你自己本就100%地拥有你自己了。

我提到以上这个故事，是因为身边就发生了一件很有趣的事情。朋友T君遇到了几个搞游戏开发的朋友，他们搞了一款游戏准备自己成立公司自己运营，但苦于缺乏投资，找了半年没找到投资商。于是拉T君入伙，准备一起找投资商。T君凭借自己多年的人脉关系，很快就找到了一家很大的投资集团愿意入资。可是那几个人发现，既然已经找到了投资人，T君就变成多余的人了，何苦还要分给他股份呢？于是他们踢走了T君，准备自己去签署合同。

你作为一个投资人，这样的合同你敢签吗？投资人怕的就是变来变去。你在最后关头将中间人一脚踢走，准备吃独食，这种事儿你能干，其他事儿你也会干出来，既然你这个人不可靠，那么具体你有多大能力、本事，都不重要了，因为反正也不会同你合作。

投资其实投的是人和团队，最重要的就是可靠，而不是你的专业技能。水平不行还可以花钱雇更强的人，如果此人不可靠，那就彻底没办法了。

小时候喜欢看三国，几乎人人都知道，在武将之中能力最强的就是吕布，俗话说：人中吕布，马中赤兔。但是后来被称为武圣的并不是吕布，而是关羽。

因为关羽具备了两个身为武将最重要的品质：“忠”和“义”，吕布则是个三姓家奴，谁势力大就投靠谁。同样都被曹操抓住了，吕布原本还想找刘备求情，结果刘备说了一句“君不见丁原董卓之事乎？”于是曹操就把吕布给咔嚓了。

关羽投降之后，曹操对他大力投资，关羽也是知恩图报，先是斩颜良诛文丑，解白马之围，后又华容道放了曹操。曹操的投资有了很大的回报。如果曹操是个投资人，那他肯定是个顶级PE，因为他懂得看人。

诚信不仅是一种品行，更是一种责任；不仅是一种道义，更是一种准则；不仅是一种声誉，更是一种资源。就个人而言，诚信是高尚的人格力量，是人与人之间相互信任的基础。一个靠谱的人，往往更容易得到信赖和尊重。

喜欢一件事，就不要怕困难

好朋友在一家不错的公司上班，最近有些疲惫，她在犹豫要不要走。

我说，走啊。

她说，可我挺喜欢这里的，平台大，能学到东西，上升空间也不错。

我说，那就不走咯。

她说，嗯，但又有些辛苦，赚的也不如小公司多。

我嘻嘻一笑，突然想起小时候我问过母亲的问题："鱼真好吃，但是鱼刺太麻烦了，有没有那种鱼，光有肉没有刺的？"

当然没有。

工作也一样啊，想要平台好技能高晋升空间大，又想要事少钱多，这跟想吃到一条只长肉不长刺的鱼是一样的心态。

1

鱼刺卡喉，我受过不少折腾，喝醋是家常便饭，也尝试过猥琐抠吐，碰上顽固的鱼刺，还去过医院的口腔科请镊子出山，可这样依旧没有阻碍我吃鱼的步伐。

我超爱吃鱼，尤其是麻辣水煮鱼，它不仅好吃，还能吃很久，可以吃鱼肉，可以吃藏在下面的榨菜，红红的汤可以用来泡饭，凉了结成冻也好吃，隔天还能用鱼汤煮面。

喜欢吃鱼，就不要怕刺啊，毕竟跟一口口的美味相比，偶尔卡刺根本算不了什么。

如果公司很好，只是有些辛苦，那这样的缺点，充其量只能算是小小的鱼刺，喜欢这份工作的话，是能对鱼刺一笑了之。

假如鱼刺般的辛苦让你觉得无法坚持，那大概是因为，你并不喜欢这份工作吧，毕竟，热爱是可以驱赶疲惫的。

2

室友暗恋一个男生很久，每次谈到他，都一脸痴情，我明明坐在20多岁的她的对面，却会误以为自己回到了中学的课堂。

她小心翼翼、厚着脸皮地靠近对方，为他放弃了一些机会和梦想，这种痴狂，让她仿佛有种懵懂的中学生模样。

可最近室友不太开心，她陆续发现了对方身上的缺点，她开始反思，到底该不该继续喜欢这个人。

我不知道，因为我不是她。

我只知道，有些缺点是鱼刺，有些缺点是刀子，有人会因为鱼有刺而拒绝吃鱼，也有人会因为满腔热爱而不怕死。

3

喜欢一个人，就不要害怕他的缺点。

喜欢一份工作，就不要畏惧它的辛苦。

所有的喜欢都是这样，所有的喜欢都不要害怕。

茫茫人海，滚滚红尘，能遇上一个喜欢的人，一件喜欢的事，真的太难得了，卡在喉咙的鱼刺可以拿出，错过的风景也许再难弥补。

放下一些东西，才能抓住更想要的

1

商务英语课堂上，一个男生做presentation，着正装系领带，一口流利的英语，自信地讲着全球化背景下外国科技公司对于本土企业的影响。

课堂结束之后，老师叫大家一起吃饭。聊起来才知道，这个学生本科学的是机械专业，研究生研究的也是机械相关的课题。

但是他一直明确知道自己不适合做技术，所以在金融和电子商务方面都有所积累和尝试，打算毕业之后选择其中的一个方向发展。

老师问："到研究生毕业，你学了七年的机械，做一份完全不相关的工作是不是可惜了？"

这位同学摇头说："不可惜。长远来看，毕业之后差不多要工作40年，如果舍不得这七年，牺牲了以后的40年，才是浪费。"

"那当时的专业是你自己选的吗？"

"是的，我小时候玩具都被拆得乱七八糟，然后再自己组装。一直到填高考志愿的时候，都立志成为一名机械工程师。"

“但是人是会变的，当时根本不知道机械工程师是做什么的。上大学之后看了很多书，也接触到不同的职业信息，才知道自己感兴趣并且擅长的是什么。”

“一毕业就进入一个领域比工作之后再转型，容易很多。”

这是一个很有想法的学生。

大部分人狠不下心丢掉几年的专业储备，在另外一个领域重新开始。于是一个三年，一个三年，又一个三年，继而是以后的30年，都被17岁时得那个选择束缚着。

2

丢掉七年，抓住40年，不吃亏。

在经济学里面有一个概念叫作沉没成本，是指由于过去的决策硬发生了，不能由现在或将来的任何决策改变的成本。

不管在自己的专业学了多长时间，都是已经付出且不可收回的成本。若发现不合适，还要继续待在既定的圈圈里面，就是在不断地增加沉没成本。通常来说，这个成本越大，越难逃离。

因为各种原因，高考之后，志愿表上的那一个对勾，掩盖过很多学生曾经心心念念的梦想。

同样学着数理化或者理化生的一群少年由此分道扬镳，在各自的路上，走向了不同的终点。

画下对勾的时候，也许我们还不知道，这是我们给自己的人生划定的第一个圈圈。如果不鼓足勇气走出去，有很大概率一辈子在这个圈圈里。

四年之后，20出头，一部分走出校园，尽量选择“专业对口”的工作。

另一部分，稀里糊涂地继续三到五年甚至更长的本专业或者相关专业学习。毕业之后更难舍得原来的专业积累，“专业对口”显得更重要。

转专业、跨专业或者到新的领域工作，是一件有风险又需要底气的事。毕竟，从走进大学校园开始，方向已经确定。一直走在一条几乎没有岔路的路上，把大学四年过成了一纸对勾。想要转向时，早已经陌生了其他的很多条路，“除了XX，别的什么都不会”。

于是用一辈子为17岁那个选择负责，即使知道不是自己想要走的路，即使明白自己不适合，即使每天喊着不喜欢。

3

唯一不变的，是改变。

中学时，看过一本小书叫《谁动了我的奶酪》。

书中主要讲述四个“人物”——两只小老鼠“嗅嗅”“匆匆”

和两个小矮人“哼哼”“唧唧”。

他们生活在一个迷宫里，奶酪是他们要追寻的东西。有一天，他们同时发现了一个储量丰富的奶酪仓库，便在其周围构筑起自己的幸福生活。

很久之后的某天，奶酪突然不见了。

这个突如其来的变化使他们的心态暴露无遗：嗅嗅、匆匆随变化而动，立刻穿上始终挂在脖子上的鞋子，开始出去再寻找，并很快就找到了更新鲜更丰富的奶酪。

而两个小矮人哼哼和唧唧，面对变化却犹豫不决，烦恼丛生，始终无法接受奶酪已经消失的残酷现实。

经过激烈的思想斗争，唧唧终于冲破了思想的束缚，穿上久置不用的跑鞋，重新进入漆黑的迷宫，并最终找到了更多更好的奶酪，而哼哼却仍在郁郁寡欢、怨天尤人。

现实中，有一小部分人喜欢折腾，对于改变有着敏锐的嗅觉。更多的人，害怕改变，宁愿将就。就像故事中的“哼哼”。

当状况发生改变时，重新调整路线是最好的选择。

那一年，我们选择专业时，年纪尚轻，认知尚浅，随着对于自我认知的深入以及对各领域信息的全面了解，想做的事情、想要去的地方，会发生改变。

梦想没有三六九等之分，工作没有尊卑之别，适合自己的，才能称得上最好。如果眼前的工作或者生活不是想要的，想办法及时止损，越早越好。

高中的一个同桌，学了四年的机械自动化，考上了建筑学的研究生，现在是一名建筑师；大学同学有放弃八年的建筑专业学习转向金融的。

一个闺蜜本科学的机械工程，研究生到信息自动化，博士转到航空领域，走了一条“曲线”，只要能抵达，就不枉一路辛苦。

今年毕业的建筑学本科的学弟学妹们，三分之一顺利跨专业迈进别的领域继续深造，有转到金融的、管理的、景观设计的、文学的，还有到中影学电影剪辑的。另外一部分直接工作的，又有三分之一没有从事建筑相关的工作。

虽然换专业或者跨界发展，不是拍脑子想想就可以跨过去的，但是早早准备做好储备还是能顺利实现的。

17岁那年的那个选择，不要让它成为自己一辈子的束缚。只要你愿意，就有机会改选。

4

及时止损是一种生活智慧。

如果我们用毅力和坚持走向一个不想去的地方，如果还有力气，及时拐弯，不管走了多远。

曾经听过一个讲座。主讲人是一个风投领域的后起之秀，谈起他一直想成为一名医生，大学也学了医学，并且作为医学院学生参加过很多志愿活动。

临近毕业一年的时候，发现自己对金融特别感兴趣，于是恶补专业知识，到金融行业实习，顺利转型。工作一年又申请到牛津读金融，毕业之后到投行工作。

演讲结束，他总结到："机会是留给有准备并且积极行动的人，绕了一圈，我没有成为自己梦想中的医生，庆幸的是，我长成了自己最想要成为的人。"

这一句话让我动容。

没有什么想法能让我们抱着一辈子。

时刻准备着并且积极行动，成为自己最想成为的人，是能找到最精彩的人生答案。

5

同事转给我一个链接，知乎上的一个问题：如何看待清华大学建筑系学生大规模转专业?

看完之后我真的陷入了沉思。

触动不是因为某个人的故事让我自动身份带入，只是回想起我持续十年的建筑学习和工作历程。

17岁那年的夏天，我和一帮小伙伴们一起，在高中校园里，那座“人”字碑下面的草坪上，在志愿表的专业一栏里勾选了建筑学。

然后开始了为期五年的建筑学专业的学习。毕业之后做了四年的建筑设计，到现在读研究生，还是建筑学。

在选择建筑学的时候，我根本不知道建筑学到底要学什么，建筑师要做什么。

这个游离在理工科和艺术学之外、“技术与艺术结合”的专业，不是每个人都适合。

建筑学学生就是跟着文学系的学生一起上数学课，跟数学系的一起上英语课。建筑学教学一开始是锻炼大家的抽象思维，一切都是不确定的。

我可以天马行空地想象，但是玄虚的没有落脚点的东西，让我有一种说不出来的不安。

我喜欢基础科学中的逻辑性和确定性。建筑学专业弱化了这些。

在大学一年级的时候，我就知道自己在建筑学学习上某些天赋的欠缺。

部分课程学的也相对费力一些。因为很多东西都是相通的，再加上建筑学本身很有趣，我没有想过转专业。

工作之后做建筑设计，凭借着用心和良好的思维习惯，总是有意外的惊喜。

不知道从什么时候起，我打心底里想做一名优秀的建筑师，并且为之努力。

一念之间，影响了我的十年，并且持续影响下去。

6

“如果我当时选了常规的理工科专业，人生会怎样？”

这个问题不会有答案。

高中同学绝大部分学了理工科专业，并且超过一半拿到了工学博士学位，他们中大部分的研究成果是同领域世界领先先进水平。

偶尔聚会，听大家聊起来二分法、傅里叶，或者电路板、流密度的时候，从我口里说出来的是大白话，“取中间数值”“那些眨眼睛的是恒星还是行星？”尴尬之情油然而生。

自然懂得“术业有专攻”的道理，只是我曾经的梦想，被别人实现了。

那种感觉就像看着自己想要的玩具，被别人拿在手里把玩，即使自己手里拿着一个更好玩的玩具，也还是会多看两眼。

错过了拥有那个玩具的权利，终究有一点失落。虽然也没那么想要了。

但曾经梦想过，已经足够在心底里记得一辈子了。

如果从完善人生角度来看，学习工作了十年并且会继续建筑学专业，对我来说，也是一个不错的选择。

涉及了很多之前我从来没有想过的领域，比如有节奏地美学素养的提升，比如表达能力的培养，广泛知识面涉猎的要求，还有空间思维的训练，这将丰富我的生命历程，也让我受益终身。

这是一种中庸的说法，也算是一种宽慰吧。

7

关于“长大之后想做什么？”这个问题，在小学六年级我还有另外一个答案，我想成为作家。

我曾经把这个想法告诉了老师、同学和父母，但他们并没有当真。

那一年，我的作文第一次变成铅字，并拿到了第一笔稿费，还是没有一个人把我“长大后要成为作家”的想法当真。

现在，我的文字越来越多变成铅字，也被更多的人阅读，算是离小时候的愿望近了一些吧。

不得不承认，在面对自己喜好的时候，我不够诚实和勇敢。

小时候设想过的未来，抓住了一部分，也弄丢了一部分。

8

写到这里，并不是鼓动每个人放下一切追求自己喜欢的领域并且以此谋生，只是鼓励每个人，拥有坦诚面对自己内心的意识。

有底气做出选择，有勇气更正路线，更有智慧判断自己迈出的每一步到最后会不会作废。

如果发现是在一条不想走下去的路上苦苦挣扎，那就早早改变方向，让每一步，都在为自己想要成为的那个人，添砖加瓦。

17岁那一年的选择，并不需要用一辈子来负责。

有些儿时的梦想，不是非得实现了才叫浪漫。

有些初心忘了也就忘了。

放下一些东西，才能腾出手来抓住更想要的。

在平凡的生活里，活出高贵

1

到广州工作后，老黄是我见面交流最多的一位朋友。他是一家小型美容美发连锁公司的老板，在广州有近十家店面，也算是位成功的创业者。

从某种角度看，老黄的个人经历颇具传奇色彩。我第一次见他是在2007年，那时候我在移动上班，而老黄是公司一家针对内部员工开放的会所的理发师傅。

两个人能聊到一块去，是因为我发现老黄做事特别认真。这种内部会所运营机制和外面的理发店截然不同，他领的是死工资，和给多少人理发、理发质量如何关系不大。

但不管我什么时候去，发现他工作的时候永远一丝不苟，有时甚至认真到客户都觉得有些不耐烦。

有一次我问老黄他在会所理发一个月能拿多少钱，才了解到他其实收入特别低：扣除可以忽略不计的五险一金后，拿到手的钱还不到三千块。并且这份工作和外面的理发店还很不一样，既没有工作量提成和销售提成，也没啥可以预见的升迁和发展机会。

“公司给的待遇这么低，你会心理不平衡吗？为啥还要这么认真给公司卖命呢？反正你干多干少、干好干坏拿的钱都一个样。”我好奇地问老黄。而他的回答，至今为止都在影响着我。

老黄说：“待遇确实低了呀，所以我也在寻找其他机会呢。但既然还在这里待着，尽自己全力把事情干好不是应该的么？做好分内事是对自己负责，跟收入是没啥关系的。因为待遇低就投机取巧，我觉得自己还没这么掉价呢。”

那一刻我是震撼的，觉得老黄这个人不简单，也特别对自己的胃口。后来两人便经常一起出去吃饭喝酒，慢慢变成了好朋友。再后来移动改革，大规模缩减员工福利，会所关掉了，老黄也走了。正好我又在纠结要不要跳槽，两人的联系慢慢便少了。

再次见面已经是三年后，那时候我自己的创业项目刚见曙光，而老黄已经摇身一变，成为一家大型美发店的老板，应验了我当初的预感。

有些人天生是不一样的，即便在他们最穷困潦倒的时候，灵魂和品性依旧高贵。生活的不公和生活的艰辛从未成为他们作践自己的理由，正如老黄所说：“这样太掉价了。”

2

创业的时候，另一个对我影响很大的人是唐生。

20岁出头就出来打工，不到30岁身家几千万。我认识唐生的时候，他已经把生意做到全世界，朋友满天下。很多地方，我暗地里都把唐生当作自己的老师，模仿学习。

一次一起吃饭，聊到我自己在创业，我问他："你觉得怎样的人创业更容易成功呢？"

唐生思考了很久才慢慢地说："我觉得很重要的一点是要看这个人对待饭店服务员的方式和态度。"

我的好奇心一下子就被钓起来了："哦？创业能否成功还跟饭店服务员扯上关系了？"

唐生笑着说："那当然！饭店服务员差不多是社会结构中地位最为低下的一个群体，采用怎样的态度对待这群人更容易看出问题。"

人啊，面对平等群体和自己上级的时候当然都知书达理，态度得当，但并不代表他们本质就是这样的人。

只有在面对远比自己弱势群体的时候，人才会卸下自己的伪装，露出真面目。创业是一场和自己的战争，看到了一个人的真面目，当然更好判断成败了。

后来和另一位长者交流，也表达了类似的意思。看一个人的格局，重点看如何待人待己。媚上欺下者，往往成就有限。

有些情况，人或许只能无奈卑躬屈膝。毕竟你我都身处凡尘，担负的责任越重便顾虑越多，不是谁都有这样的胆气和资格我行我素。但倘若习惯或满足于欺凌弱者，那才是真的无药可救。要从比自己弱的人身上找存在感，心灵和本事又能强到哪里去？

之前看上海滩大佬杜月笙的故事，里面谈到一个细节：

杜月笙出身贫寒，一个月五角钱的学费都出不起，所以只念了几个月就失学了。

那时候的穷人很多都衣不遮体，唯有他无论如何都要保证衣服的整洁干净。

成为黑社会大佬后更是如此，不管天气多热都永远扣上长衫最上面的扣子，并且禁止衣冠不整者出入杜门。

无独有偶，曾经认识一位非常优秀的师弟。同样家境贫寒，但身上的衣服永远笔挺，脸上洋溢着笑容。曾经几次拜访他租住的房子，也不像很多年轻人那样脏乱，一切都整理得井井有条。

很多时候，脸面不是别人给的，而是自己给的。一个连自己都不爱、不认真对待的人，又凭什么让别人尊重你？

3

看的书越多，越发现一个人如何对待自己，很大程度决定了他如何看待他人和这个世界。想要赢得世界的尊重，最重要的一点是先自重。

古有《论语》说要“日三省吾身”，今有富兰克林给自己制定的13条自我要求准则，说的都是同一个道理。

受到强者的欺压，并不意味着你便要去欺压比自己弱的人。如果这样的话，你又和自己厌恶的人有什么区别？

收入和你的付出不匹配，不是说就要偷懒取巧来找回心灵的平衡。这样做只会让你自己掉价，配不上真正值得付出的那些工作。

你是怎样的人，跟你的收入、被人如何对待，关系都不大，根本在于你如何看待和要求自己。

你以廉价者的标准要求自己，你便是廉价者；

你以高贵者的标准要求自己，你便是高贵者。

但凡想要做出点成绩，千万记住这个道理：

你可以穷，但千万别廉价。

Part 6

不抱怨，让日子更好一点

命运对他们那么残忍，
但他们可曾抱怨过一句？
别说有没有抱怨，能不能抱怨，
他们连『抱怨』的念头都没有。

不抱怨，让日子更好一点

每次回家，妈妈总会给我讲一些老家的故事，有些是我们自己家以前的艰辛历史，有些是其他村民的心酸故事。可能对于大部分的农村来说，农民的生活状态都不会相差太大，但总有少数例外的人，他们的生活是今天的我们难以想象的。

以前每次听到别人抱怨自己命运不好，我通常都会反问对方：为什么你不主动去改变自己的命运？只会抱怨却从不付诸行动，你的命运永远都不会变好。

但这样的情况不存在今天我要说的这两个人身上。

第一位，是个大脖子的女人。

在我差不多刚上小学的时候，她从外地嫁到我们村，老公是又穷又矮又老实的农民X。他们家距离我家不到50米，X经常在晚饭后来我们家串门，但很少见到她老婆L的身影。

起初我以为是初来乍到言语不通，隔了一段时间才明白，确实是言语不通：她脖子上凸出一个像柚子那么大的肉团，是一种病，那个肉团导致她的舌头构造与常人不一样，无法正常说话。可以想象，在农村，这样的特征绝对会引起所有人的风言风语。

她肯定也知道自己这样的形象外出会遭到村民嘲笑，于是尽量老老实实待在家洗衣做饭，等X忙不过来时也上山下地帮忙干农活，渐渐也就习惯了村民异样的眼光。

几年后，他们俩抱养了一个小女孩，即便在落后的村里，他们家也是一个特别的存在。那时候村民开玩笑吓唬小男孩都这样说：你要是不努力，以后长大了就让X的女儿嫁给你。这样的话旁人听来无关痛痒，甚至引来一阵轻松的笑声，但是当事人呢？

再后来，我去了外地上中学、大学，在爸爸的努力下，我们把新家搬到了县城里。回家的次数越来越少，对老家邻居们的了解也越来越少，那个地方成了一段只存活在记忆中的模糊过去，下面这些事，都是过年时候妈妈告诉我的。

L的老公X因为得了重病，不治而亡，她不得不扛起养家的重任。女人们要做的洗衣、做饭、收拾家庭（虽然她那个破旧的房子连风雨都不能完全阻挡），男人们要做的砍柴、种地、收割，她一个人全承担了。

几年后，她抱养的那个小女孩长大了，嫁走了，留下她一个人继续守着破败的家。

这个女人，先天患了重症不能说话，30多岁时老公去世，40多岁女儿离家，这样的命运，编剧都不忍去编造这样的角色吧？但是更残忍的生活还在后面等着她，当我从妈妈口中听到这件事的时候，心里的愤怒已经无以复加。

L没有任何经济来源，虽然一辈子生活在农村，但毕竟有时候也需要去小卖部买点零碎，所以要想办法赚点零钱，而她唯一能做的就是卖“锅刷”——农村里用来洗锅的工具，功能类似大家熟悉的刷碗海绵。

锅刷是用竹子做成的，因而她要先拿劈柴的弯刀把竹子劈成一根一根像铁丝那么细的竹丝，然后捆绑在一起，做完后就挨家挨户去推销。

因为不能说话，每次别人问她多少钱的时候，她就比出食指和中指，意思是两块钱。这是个很合理的价钱，但有人却故意给她两毛钱，不认识面值大小的她也一样收下，直到去小卖部买东西才知道自己被骗。

类似的情况不止一次地发生，让她很恼怒，也因此与其他人产生一些口角争执。她无法骂人，只能通过喉咙里一些叽咕叽咕的声音来表达自己的不满，有些人便以此为乐，更加肆无忌惮地逗她。

“占这种便宜的人，都有罪。”妈妈说。

因为长期不在家，我妈偶尔回去的时候，L就会跟她尽情倾诉。“其实我也听不懂她到底在说什么，但我知道她肯定是说那些人怎么欺负她。虽然很多人都说她很凶，但她跟我说话的时候却很善良，还带着笑。”

今年春节又聊起她，那天外婆也在，她说："下次你再回去的时候，帮我带几件衣服给她吧，正好我都不穿了，她也需要。"

第二位，是一个不能说话的男人。

他本来是一个正常的农村青年，据说年轻时遭受过一次意外，导致嘴巴出现一些问题，不能说话，老是流口水，就叫他Y吧。

Y家距离我家大概有五六分钟的路程，其实不远，但因为他的情况，所有人都跟他保持一定距离，因而我对他了解也不多，下面这些事，也是从爸妈口中得知的。

他的几个弟兄都外出打工，没人管他，至今未娶。前几年家里还有一个卧床不起的老父亲，不知道现在是否还活着。跟L一样，Y也是一个一辈子都没离开过村子的人，也一样目不识丁、对钱没有概念的人，他唯一能出售的，只有力气。

为了照顾老父亲，补贴家用，他每天以帮人搬砖头干重活为生。谁家要盖房子，谁家有重活忙不过来了，就会找他干。一块砖头几分钱，一天要扛几千块砖头才能赚几十块钱。

每到吃饭时间，其他干活的人可以坐在桌子上随便吃，唯独他因为会不停流口水，只能盛饭后独自蹲坐在客厅角落或门外随便扒几口，以免自己的形象影响其他人胃口。他心里是知道这一点的，但是从来不说，也无法说，久而久之，蹲在角落吃饭就成了习惯。

就是这样的人，前几年还借了几千块钱给别人。我已经忘了是谁借的钱，也不知道到底最后那人有没有还给他，只记得妈妈最后说：“Y真的是个好人，但他这辈子真的太苦了，连一天好日子都没有过，他的钱都是一块一块砖头挑出来的，是真正的血汗钱，那谁要是连他的钱都不还，就真的……没有天理了。”

两个故事讲完了，但他和她的生活还在继续。这么简短的文字远远不够概括他们的人生，我也没那个能力去讲述他们的一生，我只希望以后回家可以多了解一些，多接触一些，然后凭借自己的能力，尽可能多帮一点。

没上过一天学、不认识一个字、没吃过一顿可口的饭菜、没听到过一句赞美的话、没有电视、没有手机、没有一件像样衣服、没有一个完整的家、甚至连最基本的“说话”的权利都被剥夺，在这样的人面前，所有的语言都失去力量。

早上在地铁里决定今天要写一写他们俩的事情，脑子里想着这些话，情绪难以自控，在口罩的掩护下哭了一路。

想起去年大年初一，妈妈跟我们去爬山的路上说的话：“为什么我跟你们说这些事？因为那样的苦难我们也经历过，我知道那是一种怎样的苦。你们以后肯定不会再受那样的苦了，但你们要记住，不管走到哪里，都要做个好人，要知恩图报。对困难的人，能帮就帮；不能帮，也不要嘲笑人家，我们都是一样的人。”

命运对他们那么残忍，但他们可曾抱怨过一句？有时候我会用这句话反诘自己。别说有没有抱怨，能不能抱怨，他们连“抱怨”的念头都没有。在他们的世界里，没有任何形而上的东西。

在与命运的抗争中，“让日子过得好一点”就是最大的胜利。

最坏的日子，也能变得美好

到医院看表妹，如果她不是穿着病号服，我根本看不出她刚刚死里逃生。

表妹的人生一直顺风顺水，大学毕业后成了一名时装设计师。努力工作了几年，终于得到出国培训的机会。就在她意气风发时，出了车祸。

看到她时，她刚刚做完手术，右腿打着钢架。我很心疼她，遭受重创，还失去了培训的机会，她却绘声绘色地讲述着那惊心动魄的一幕。我知道她是不想让我们担心，可她越是这样，我越不放心。再次去看她时，在走廊遇到她的同事，他们都替她惋惜。推门前，我的脑海里还闪现出表妹强颜欢笑的场景。可当我坐到她面前时，她秀美的双眸里没有一丝哀怨。本应在国外的时光却换成困在病床上，她竟然还能这样没心没肺。表妹说看过林志玲的演讲，她曾在拍广告时从马背上摔下来，还被马狠狠地踢了一脚，有六根肋骨骨折。她动不了，还要承受巨大的疼痛，但她只问了医生一句“会好吗”，当得到肯定的答复时，她再没喊过疼，再没流过一滴泪，她要把全部的精力都用来修复自己的身体。

原来表妹不是伪装坚强，而是等待着重回美好。她把哭泣的时间都用在设计上，终于可以静下心来为自己设计一件礼服。当她身体康复时，向我展示了那件漂亮的礼服，没过多久，这件礼服还为她捧回一个国内的设计大奖。

表妹在生命中最疼痛的日子里没有哭泣、沉沦，这让我想起了朋友姚冰。她读中专时学的是法语专业，梦想着有一天可以走在塞纳河畔。读大专时，她却不得不走父母规划的人生路，毕业后做着自己不喜欢的工作。就在梦想渐行渐远时，她突然辞职，重回学校学起了法语。本科毕业后，她以为梦想在向她招手，没想到投出的简历都石沉大海。万念俱灰时，她并没有停下追梦的脚步，而是一边打工，一边参加法语水平考试。

父母多次劝她，只要她一个转身，就可以把她从泥潭里拔出来。为了躲避父母的游说，她从家里搬了出来。我真切地看到了她的努力，我问她有没有后悔时，她笑得很开心，说自己现在比王宝强还幸福，最起码不会住20元钱一天的房子，也不会连个包子都吃不上。那段对她而言近乎黑暗的日子，我却从未听到过她对生活的抱怨。当她终于将法语练到对答如流时，有几家外资公司向她抛出了橄榄枝。成功的那一刻，她依然淡定。

有些过错，你没有必要去承担

我念书的时候喜欢过一个男孩子，一个吊儿郎当对什么都不在乎的男孩子。

他很小的时候，父母就离婚了，父亲带着他背井离乡，去了离他母亲很远的一座城市。他一个人在这座城市长大，学会了物理、化学、生物，也学会了抽烟、喝酒、打架。

他经常前一天还因为竞赛得奖而被广播表扬，后一天就因为聚众斗殴又被通报批评。

起初，我们的生活并没有交集，直到有一次我们一起去外地比赛。比赛结束的那天晚上，大家状态都很嗨，不想过早回房睡觉，于是去饭店的露台上聊天。我们絮絮叨叨地说了很多话，一直折腾到凌晨四五点眼皮打架才磨蹭着回房间。那天晚上，我第一次尝试了啤酒这种神奇的东西。

从此之后几乎每个晚上，我们都在互道晚安的短信中入眠，在互道早安的短信中醒来。可惜，我每天晚上“煲电话粥”、发短信的事情很快就被我妈知道了。我的手机被没收了，他就只好趁我妈不在的时候打电话来家里。

之后的某一天，已经是晚上9点多了，家里的电话剧烈地响起来。他一般不会这个时候打来，但当时的我有种很强烈的直觉——是他。我装作若无其事地抢着去接，电话那头是他熟悉的声音，他说他正在我们家楼下，希望我能下去一趟。放下电话之后，我的心怦怦直跳，却始终不敢出门，电话隔几分钟就响一次，直到最后我实在经不住我妈的拷问把电话线给拔了，之后一夜无眠。

后来我才知道，那天是他举家搬迁的前一天。之后，我问了很多人才打听到他后来当了兵，但我再也没见过他。

他就那样突然消失了，以一种特别干净的方式，以一种那时的我根本不能接受的方式。他消失之后的很长一段时间里，我都一直埋怨自己，患得患失，我总是担心手里的东西握不紧，握紧的东西会失去。

毕业之前，我到业内很有名的一家公司实习，那是我从未涉足过的文化领域。刚开始我非常害怕犯错，特别努力地去做好每一件事情，却还是对自己不满意。

在面对一个完全陌生的东西时，我拼命地吸收营养却总是埋怨自己上手太慢。活儿很多很重，压力很大，加上路途遥远，那时我每天在下班回去的地铁上都会累得一句话都不想说。同时，我还要兼顾繁重的学业，经常上午忙完一看已经下午1点，饭也来不及吃便匆匆离开，跑去赶下午2点的课。

就这样坚持了没多久，有个周五的下午，带我的那个姐姐突然说要找我谈话，我跟她去了旁边的会议室。坐下来后，她开门见山地告诉我下个星期可以不用来了。当时我就愣住了，不知作何反应，只得默默点头，尽快办完手续，然后离职。

那件事情使我脆弱的自尊心受到了伤害，作为一个工作经验极其有限的学生，我固执地认为一定是自己哪里做错了，哪里不够好，才会导致这样的结局。

我不断地反省，不断地自我否定，我甚至都不好意思告诉好友实际情况。我把手机关了，然后跑去天津——我要逃离。从天津回来之后，我接到面试的电话时舌头打战，我收到面试通过的消息时居然因为害怕自己hold不住而犹豫是不是放弃。

现在我在一家500强的公司实习，我的工作得到很多人肯定，但对于很久之前的那次经历，我始终无法彻底释怀。直到有一天在QQ上碰到之前公司的那个姐姐，她很和善地跟我打招呼问我现在的情况，我如实相告。最后，姐姐主动提起之前那件事，她说当时那家公司经历人事变动，她也在准备离职，因为她怕我待在那边浪费时间才想着早点放我走。

屏幕上的那两行字，我盯着看了很久。我纠结、自责了那么久，把自己弄得那样伤心、失落，原来不过是为了一个跟自己根本无关的原因。

也许，在反复的自我反省中，我错过了沿途许多美丽的风景。我希望，有一天相遇时我能够骄傲地告诉他们：我不会再把什么事情都怪罪到自己头上，不会再为无谓的事情责怪自己，也不会再迷失在跟自己无关的过错里。

计较，是贫穷的开始

八年前，我是一个平凡的修理工，我找了份兼差——开计程车，目的是给自己找另一条路。

我到松山机场排班等待载长途客人。我还没有累积的客源，每天都是一个全新的开始，不知道今天会等待多久。但是我心里并不慌张，因为我给自己定下了明确的目标——做不一样的“运将”！

谁说亏钱生意不能做

一天，在松山机场，我发现前面有一位客人不断上车，又不断下车，一连换了好几辆。我排在第七辆的位置。

“怎么回事？”我疑惑。

客人的一句话就让我震撼：1300元，去新竹！

考虑到油钱成本和回程空车率，从台北到新竹价钱一律是1600元，低于这个价钱就亏钱，事实上，前面六位运将就是这样拒绝客人的。

到底要不要接一个长途却亏钱的生意，还是等下一个生意？我犹豫着。

突然，我心里响起一个声音：计较是贫穷的开始！我想也许这是机会，让我和同行“不一样”。

乐观的心情会让人打开思路，而满腹委屈、怨天尤人的心情，只让人脑筋打结。把客人送到新竹，我打算回台北，突然想到一个好主意，找客人一起共乘！

新竹的清华大学有个客运站，很多商务人士会从那里回台北，如果多接几个客人一起共乘，这一趟新竹行就可以打平成本。

结果，这趟新竹行还是亏钱，但我却赚到了这辈子的第一个好机会——遇见第一位贵人！

三瓶矿泉水

“请问你搭公共汽车回台北要多少钱？”我问在客运站等车的一个小姐。

“110元。”

“哦，那坐我的车100元就可以了。”

小姐脸上露出惊讶和怀疑的表情，谨慎地打量着我，毕竟坐计程车比客运更方便更快还便宜，难免让人起疑。于是，我赶紧拿出计程车登记本给她看。

“小姐，请看，这个就是我的。我刚从台北载客到新竹，现在要回台北，想找人一起共乘分摊一点成本。”

“这个好像是真的。可是只有我一个人，我不敢坐。”

“没关系，那我们再等等其他客人一起共乘。没多久，客运站出现了另一个小姐，我走过去邀请她一起共乘。”

炎热的天气让人非常口渴，我决定上高速公路前先去买水喝。我并不是拎着一瓶，而是抱了三瓶矿泉水。令我意外的是，这三瓶矿泉水改变了我一生。

两个星期后我手机响了。

“你好，司机大哥，你还记得我吗？我是上次从新竹回台北和你共乘的客人。”

我感到意外，没想到她会打电话过来。

“是啊，我记得你，黄小姐，你好！”

“司机大哥记性很好啊。我们有个同事想请你帮忙，要从台北载一位老师去新竹，你能不能先报个价？”

我没有狮子大开口，报价比行情价更优惠。黄小姐认为我的报价很合理，于是我就在约定的日子里去学校接一位姓邱的老师。

我本来以为这只是一次偶然，没想到后来有幸能成为一个常态的合作模式。我开始固定为黄小姐所在的管理顾问公司服务，从台北载老师们到新竹演讲或是开会。

在没有客源的计程车职业中，我给自己开拓出长途载客的固定客源。

“计较，是贫穷的开始。”这句话，是台湾管理学家严心镰教师告诉我的，我经常和大家分享这句话，希望大家都能从这句话得到改变的力量。

千万不要成为趋势的敌人

1

美国作家格拉德威尔的书《异类》前两年非常流行。

它讲的是一个超出常人的“异类”要成功，在自身的天赋、努力之外，机遇和环境会怎样影响他，其中有些内容讲到时代的因素。

20世纪四五十年代，一个犹太人出身的法学院毕业生，去纽约曼哈顿那些顶级的律师事务所找工作，他们是找不到的。

即使再优秀，也会因出身原因而被拒绝。

给他们出路的只有去别的二三流律所打工，或者自己合伙创业，但都是接一些顶级律所不要的生意。

四五十年代主流商业社会对企业间的恶意并购非常反感。

老牌律所不接这样的案子，就转给了那些“二三流”的犹太人律所。

但到了70年代，这些老牌发现，再想进入这个领域，时机已经晚了。

因为经济全球化，海外的日本、欧洲企业参与竞争，新技术新消费趋势的出现，企业间的并购越来越频繁，美国主流商业社会对此看法改变了。

老头子们已经不属于新时代了，他们没有做错什么，只是因为过时了。

而那些犹太律所，则借此趋势爆发性成长，包揽了曼哈顿排名前三的位置。

2

就像国内所说的“大风来了，猪也可能飞上天”，时代的机遇让那些犹太律师们登上了浪潮之巅。

当然，他们本来就是优秀的人。

产业发展常常是像波浪一样，一波一波趋势袭来。

一个新趋势来了，然后就变了天，延续几年，又变成了新的常态。

接着，再来一波新趋势继续改变。

如果你抓住了变化的趋势，就抓住了时代赋予你的机会。

眼下，在互联网行业中，自媒体、直播等等，还有前一段时间下棋战胜人类的人工智能，产业内每隔一段时间也会出现新的趋势，它们已经渗透在我们身边了。

那些会写作的人转身一变，变成了自媒体人，做大了就成立公司团队化运营。

像网红咪蒙，去年的广告费用已经达到50万元一篇。而之前，她只是《南方都市报》的一名编辑，对文学有深入的研究。

直播则孵化出了很多大小网红，风口改变了一批普通主播的收入。

至于人工智能，将来你在淘宝上对话的就是一个机器人，它像人一样扮演客服角色。

你即使去国外电商网站买东西也会很便利，因为人工智能完全能替代翻译。

而无人驾驶汽车已经在路上测试了。

那，将来是不是有大量人力会被替代掉？

其实未来已来，它只不过是没有平均分布在世界上。

3

企业家、生意人，包括政治家、学者，可以说，这些精英们都会有前瞻性眼光，都强调视野的重要。

现在有一种论调，说是不要低质量的勤奋，其实强调的就是要抬头多看看天，多看看接下来的发展趋势，要为未来做准备，要在当下有危机意识。

人在一个地方待久了，又常做重复性工作，往往会习惯把一年经验用五年当作是成绩。

其实他们在学习时间上是稀缺的，在深度思考上是稀缺的，等到变了天，就束手无策了。因为，已经温水煮青蛙变懒了。

最近，中年危机话题不是热起来了吗？

其实年轻人也是变得普遍焦虑的。

再有，华为裁掉35岁以上不能再跟着企业一起成长的老员工，这事也热起来了，成了标志性事件。

中国宏观经济今后将进入低速成长的“L形”新常态，头部企业已经敏感地认识到了。

而那些充满稳定的企业最终会因为市场、竞争，要么动起来，要么死去。

这个世界没有绝对的稳定，只有不断走出舒适区，规划未来，把握趋势才能增强自己的实力，努力走在不败的行列上。

就像风险投资人的思维，这一群人是站在未来看现在的人，他们要经受考验的核心能力就是看趋势、看未来。

他们投进去成百上千万美元给早期的滴滴，给早期的摩拜单车，就是笃定未来趋势会是这样，希望它们成长为将来的阿里巴巴。

未来是不确定的，那就要深入地研究，去调研，去把握人性，去琢磨商业。

而风险的回报则是巨大的，当然，也可能会有巨大损失。

4

五年后的大趋势，这也是马云、马化腾他们所想的。

普通人把握不了五年后的趋势，但是可以理性分析一下下一个热门是不是真的热门，你可以看看那些优秀的人才的流向。

在就业和换工作的时候，可以提前判断和规划。比如互联网行业，人所共知的是朝阳行业。

但下一步，传统行业实体经济也要互联网化，那些既了解传统行业，又懂互联网的复合型人才必然会更受欢迎。

而一个会计、一个法务、一个HR，什么行业都需要这样的人才，你是可以做出自己的选择。

如果同等条件，是不是可以选择一个发展迅速的行业？而不是活少和离家近的？

如果你求安稳，到最后是没有绝对的安稳，安稳着到最后是绝望和被杀死的不甘心，那会伴随着中年危机反复折磨自己。

还不如随趋势一起，相对更安稳。

真正要着眼的是未来、发展和成长。

Facebook的COO桑德伯格在选择工作时，获得了一个非常好的建议，也适用于我们每个人。

在上大学时，她就是非常棒的学生，毕业后跟随导师进入了美国财政部，而当导师任期结束后，桑德伯格考虑加入企业之时，Google的CEO施密特给了她一个建议：

当公司迅速发展，正在产生影响的时候，你的事业自然就有了。如果你能有机会得到在火箭船上的工作，就别问是什么职位了，跳上去再说。

5

20世纪70年代，美国大学开始陆陆续续配备计算机。

1967年，比尔盖茨转入西雅图湖滨学校。那年，普遍富裕的家长义卖出了3000元美金，学校决定建了一间电脑室。

由此，比尔盖茨就对电脑编程开始感兴趣了。

他走在了一代人的前面。

但看看眼下硅谷大公司的创始人名单，还有那些中坚力量，他们几乎都是60年代末70年代上半期开始接触电脑的，并且为之着迷，疯狂练习，攒够了一万小时的经验，成为行家。

个人电脑时代的开启，也让硅谷一代人得以崛起。

格拉德威尔粗略统计了一下，基本上，他们是在1954-1956年之间出生的。

而互联网也同样让一批中国和美国的“70后”“80后”一拨

人爆发。

趋势和潮流几年一变，但每一代人有属于每一代人的机会。

人的一生，因时代机遇给你的机会会有三至四次左右，上学、选工作和行业、跳槽、创业与做生意、转行等等。

而正是这些选择，决定了你的方向，决定了你将来是什么样的人。

选择并不是无限的，也并不是臆想的也许就能撞大运、明天可能就会碰上。

你不去思考它、把握它，它才不会理你呢。

不是来不及，而是没决心

奶奶说："年轻的时候，婚姻自主刚刚兴起，可我已经嫁人了，只好认命，继续在他们老王家当牛作马，受了你坏脾气的爷爷一辈子气。"真的，在爷爷家奶奶最勤劳也最没有地位，夫妻之间根本没有温情可言，奶奶憋屈了一辈子。

妈妈说："年轻的时候，我特别能干，上班两年就升了组长，有你的时候已经是副科长了。你爸在外地当兵，为了一家团聚只好带着你们三个去驻地，当了一辈子随军家属。如果那时没有放弃，现在或许也有自己的一番事业了。"真的，妈妈聪明玲珑，治家为人，无一处不妥帖，一生围着锅台转，实在有点儿屈才。

轮到自己，更有数不尽的委屈，似乎总依着别人的心愿，没有为自己好好地活过，锦瑟年华在混沌中倏忽闪过。常常幻想，如果时间能够倒流，一定活得明明白白，再到现在的年纪，全然不是如今这副模样。

但是，燕子去了，有再来的时候；杨柳枯了，有再黄的时候；桃花谢了，有再开的时候；日子去了，便一去不回。

那日与单位王姐聊天，她说："我像你那么年轻的时候……"

不禁吃了一惊：我年轻吗？都奔四了。再想想，王姐54，看我当然年轻。算一算，自己距离退休年龄还有20年，距离离世，保守估计也得40年，生命还未过半，怎么会觉得什么都来不及了呢？

小时候，看教我们的20岁老师，已经很大很成年；现在看20岁的年轻人，不过是毛头孩子。于是明白一个道理，早晚皆因目光方向不同，往前看，前路迷茫，世事难料，没有必胜的把握，多早都怕来不及；往后看，胜负已定，成竹在胸，多晚都嫌没有更早开始。聪明人用向后的目光做向前的事，何时起步都好；愚蠢的人用向前的目光做向后的事，永远来不及，更多坎坷便候在前面的路上。

假使奶奶发现婚姻错了就去修正，她会有一个不一样的后半生；假使妈妈随军之后又开始创业，她一样有所作为；假使我把悔恨、慨叹、心痛时不待我的时间用来完成自己的心愿，没有什么达不成。

其实不是时间来不及，而是勇气、智慧没跟上，无论何时，只要肯向着期待的方向迈出脚步，下一站，就是称心如意。

好好先生，并不好

从小到大我都有一种病，叫“好人病”。我想有这病的绝对不止我一个。

小学时我很内向，当时班级是个流氓足球班，老师让我在讲台上管纪律，而胆小如鼠的我看到他们就流冷汗。每次我管纪律，我不敢触犯他们，只好很孬种地走到他们身边轻轻拍拍他们说“别说话了行不行”，反而招来了白眼和讥笑。

后来到了高中，“好人病”改了不少，壮了许多胆，但仍没法逃出“害怕众人眼光”的心理阴影。每次做什么事，我总是会想：“别人会怎么看我？”“他们会不会觉得我在装X？”“他们会不会不喜欢我了？”

瞬间数年，来到美国，我读的大学巴德学院，养了一群世界级奇葩，所有所见所闻都是对我价值观的洗礼和冲击，颠覆了我前18年的“他人眼光”恐惧。比如说我们学校有一群艺术怪人，每天赤脚上学，或奇装异服，或是胸罩外穿，一上课发言就千奇百怪，脑洞大开。他们每个人都敢说，敢领导，敢发言，敢给方向给提议。教授讲得不好的时候，他们就会在课堂上指出逻辑错误，并大作演讲。他们还组织志愿者团队去顶级监狱教杀人犯念书。最强的是他们“不屑于交朋友”，谈得来的一起聊，谈不来的拉倒自己嗨。

这就是我极端又奇葩的大学经历，也是对我自身的第一次脑冲击，也是我上大学的最大收获。

毕业后，我带着“好人病”来到了职场。老板给我任务，我从来不会说不，甚至常看她脸色随时改变我的方向和言辞。和同事讨论的时候，我总是变成了最后答应做最多执行的那个垃圾桶，经常加班加点到很晚。再看美国人，如果持续加班到8点以后，他们就开始向上级抱怨这样的工作方式没有效率。如果隔壁部门要让他们帮忙做任何工作以外的事，就算是亲兄妹也会推托，保证自己不吃亏、不加点。

有一次我又在加班工作，老板对我说：“Doris我很担心你，总是这么加班。”我问她：“我加班你不是应该开心吗，为什么担心？”她说：“偶尔加班我可以理解，如果一直加班就说明责任分配不对，你已经超负荷，长期是不可持续的。这样长期是留不住你了，我也会失去一个好员工。我宁可你自己高兴。”

在美国的这七年，我渐渐被他们从一个胆小的“好人”磨炼成了一个“自私”的家伙。每次想起童年，我觉得“好人是一种病态”，更觉得“你是好人只是因为你太弱，太没自信，太没安全感”。在做好人的过程中，我不觉得我真正享受了做一个好人，而是一种被迫的“讨好他人”。

为什么会这样呢？无非是因为“我害怕失去”“我把这份工作看得太重”。可是事实上呢？人生也许只有一百年，而工作只是我们生活在世界上的一个支撑方式，真的值得为了这个而放弃自己的生活和快乐吗？于是我慢慢把别人的眼光、期待、批判全部放下，把重心全部回归到自己身上，慢慢找到了属于自己的自信、自尊和自爱。

如果还有人因为你是好人而越线，告诉他，你再不珍惜我的努力，我不干了。

免费的，才是最贵的

日本作家伊坂幸太郎曾经在《余生皆假期》一书中写道：“没有什么东西比免费更贵的了——就是这个，我们一直在用自己的行动向世人传授这个道理。我们会利用对方的罪恶感和感恩之情，逼迫他们做许多麻烦的事情。”

1

明明是因为接受“免费”走进的店门，离开的时候我却付了700块的代价。

有一次我在五道口路边闲逛的时候，被一个理发店的小哥拦下，说是今天周年庆搞活动，首席造型师免费为顾客提供美丽建议，机会难得。

听到“免费”和“首席”两个词，小市民心态的我便跟着小哥去了那家被叫作私人工作室的理发店。

反正是免费的，怕什么？又不用我花钱。

踏进门后学徒小弟立马就拉着我热情地帮我洗了头，随即一个自称是某热播时尚节目的御用造型师Kevin开始给我提建议，我就像个啄木鸟一样一直点头，之后那个Kevin就开始帮我修剪，我以为都是免费的，但剪到一半的时候我还是问了一下，没想到得到的回答竟然是剪一次700块。当时真是既生气又心疼。

一开始我以为自己幸运赶上了周年庆，后来才发现那家店天天都是周年庆。

2

能用钱解决的事情都是小事，人情偿还的成本才是最昂贵的。

我们大多在什么情况下会欠下人情？别人免费帮你的时候。

朋友读的师范类院校，大四的时候需要找一份学校里的实习。她妈妈的同事帮她找了一个小学来实习，因为那个叔叔说什么也不接受她的感谢礼物，所以朋友就说了一句“以后可以帮忙弟弟辅导功课”的客气话。

结果就是因为这一句话，朋友就帮那个小孩做了四个月的辅导，有时候那个叔叔家没大人干脆就把小孩送到朋友家去，一待就是一整天。重点是，那个小孩还不是一般的淘气，经常弄得鸡飞狗跳的。

尽管后来，朋友叫爸爸请那个叔叔吃了饭，同时还送了礼品，当是还了人情，但是那个人还是理直气壮地继续把自己的小孩往她家里送。

谁都不想对别人心存亏欠感，有时候我们为了还清所谓的人情债，往往需要付出超出想象的更多劳动，或者金钱。

有时候你认为人情还完了，可对方不一定这样认为。

3

网络游戏进入的门槛是非常低的，大多都是免费注册，可以随便玩的，但是当我们玩上瘾之后，后面的事情就不可控了。

游戏迷同学说：游戏最大的魅力就在于可以持续打怪升级。为了更高的目标，我们会购买游戏装备和更高级的硬件设备而烧钱，甚至为了去观看游戏的现场比赛解说而烧钱购买门票。

4

这些年我们吃过的所有大亏，都是因为接受了那些免费：

有些人喜欢在网上看免费的电子书，却因此付出了非常多的搜索时间，视力也下降得更快。

有些人偏偏喜欢在网上看免费的盗版电影，等花了好大劲后才发现，下载好的竟然是《桃花侠大战菊花怪》。

今天有人请我吃了一顿免费的丰盛晚餐，但是之后我又要花超过那顿饭钱的更多力气去减肥。

……

你以为那些免费是占了便宜，其实并不然。

有一位和我素未谋面的“马爸爸”就曾经说过一句极其有道理的话：“免费是最贵的。”

的确，我们要时刻谨记：免费才是最贵的。

笑容背后的心碎

做心理医生，看到过无数来访者。一天有人问道，在你的经历中，最让你为难的是怎样的来访者。说实话，我还真没想过这个问题，他这一问，倒让我久久地愣着，不知怎样回答。

后来细细地想，要说最让我心痛的来访者，不是痛失亲人的哀号，或是奇耻大辱的啸叫，而是脸挂无声无息微笑的苦人。

有人说，微笑有什么不好？不是到处都在提倡微笑服务吗？不是说微笑是成功的名片吗？最不济也是笑比哭好啊。

比如一个身穿黑衣的女孩对我说，您知道我的外号是什么吗？我叫“开心果”。我是所有人的开心果。只要我周围的人有了什么烦心事，他们就会找到我。我听他们说话，想方设法地逗着大家快乐，给他们安慰。可是，我不欢喜的时候，却找不到一个人理我了。周围一片灰暗，我只有一个人躲在被窝里哭……

我听着她的话，心中非常伤感，但她脸上的表情让我百思不得其解。那是不折不扣的笑容，纯真善良，几乎可以说是无忧无虑的。连我这双饱经风霜的老眼也看不出有什么痛楚的痕迹。她的脸和她的心，好像是两幅不同的拼图，展示着截然相反的信息，让人惊讶和迷惑，不知哪一面才是真实的。

我说，听了你的话，我很难过。可看你的脸，我察觉不出你的哀伤。她下意识地摸摸自己的脸说，咦，我的脸怎么啦？很普通啊。我平时都是这样的。

于是我在瞬间明白了她的困境。她脸上的笑容是她的敌人，使她把错误的信息传达给了别人。当她需要别人帮助的时候，她的脸、她的笑容在说着相反的话——我很好，不必管我。

有一个男子说他和妻子青梅竹马，说他以妻子的名字办起了自家的公司，几年打拼，积聚下了第一桶金。小鸟依人的妻子身体不好。丈夫说："你从此就在家里享福吧，我有能力养你了。你现在已经可以吃最好的伙食和最好的药，等我以后发展得更好了，你还可以戴着最好的首饰去看世界上最好的风景。再往后，你也会住上最好的房子……"他为妻子描绘出美好的远景之后，就雷厉风行地赚钱去了。当他有一天风尘仆仆地回到家中时，妻子不在屋中。他遍寻不到，焦急之中，邻居小声说，你不是还有一套房子吗？他说，不，我没有另外的房子。邻居锲而不舍地说，你有，你还有一套房子，我们都知道，你怎么能假装不知道？男子想了想说，哦，是了，我还有一套房子。你能把我带到那套房子去吗？邻居说，一个人怎么能忙得把自己的房子在哪里都忘了呢？它不是在××路××号吗？邻居说完就急忙闪开了，不想听他道谢的话。男子按地址走到了那个门牌前，看到了自己最要好的朋友的车就停在门前。他按响了门铃，却没有人应答。

这是一栋独立的别墅，时间正是上午10点。男子找了一个合适的角度，可以用眼睛的余光罩住别墅所有的出口和窗户。然后他点燃一支烟。他狠狠地抽了半天，才发现根本就没有点燃。他就这样一支接一支地抽下去，直到太阳升到正午，还是没有发现任何动静。他面无表情地等待着，知道在这所别墅的某个角落里有两道目光偷窥着自己。到了下午，他还如蜡像一般纹丝不动。傍晚时分，门终于打开了，他的朋友走了出来。他迎了上去，在他还没有开口的时候，那个男人说，算你有种，等到了现在。你既然什么都知道了，你要怎么办，我奉陪就是了。说着，那个男人钻进车子，飞一样地逃走了。丈夫继续等着，等着他的妻子走出门来。但是，直到半夜三更，那个女人就是不出来。后来，丈夫怕妻子出了什么意外，就走进别墅。他以为那个懦弱负疚的妻子会长跪在门廊里落泪不止，他预备着原谅她。但他看到的是盛装的妻子端坐在沙发里等他，说："你怎么才来？我都等急了。我告诉你，你听不到你想听的话，但你能想得出来所有的事情都发生了，你爱怎么办就怎么办吧，我们等着你……"说完这些话，那个女人就袅袅婷婷地走出去了，把一股陌生的香气留给了他。他说，那天他把房间里能找到的烟都吸完了，地上堆积的烟灰会让人以为那里曾经发生过火灾。

我听过很多背叛和遗弃的故事，这一个就其复杂和惨烈的程度来说并不是太让人印象深刻。我之所以觉得它有代表性，是因为这位丈夫在整个讲述过程中的表情——他一直在微笑。不是任何意义上的苦笑，而是真正的微笑。这种由衷的笑容让我几乎毛骨悚然了。

我说，你很震惊，很气愤，很悲伤，很绝望，是不是?

他微笑着说，是。

我恼怒起来，不是对那对偷情的男女，而是对面前这被污辱和损害的丈夫。

我说，那你为什么还要笑?

他愣了愣，总算暂时收起了他那一直挂在脸上的笑容，委屈地说，我没有笑。

我更火了，明明是在笑，却说自己没有笑，难道是我老眼昏花或是神经错乱了吗？我急切地四处巡视。他很善意地说，您在找什么？我来帮您找。

我说，你坐着别动，对对，就这样，一动也不要动。我要找一面镜子，让你看看自己是不是无时无刻不在笑！

他吃惊地托住自己的脸，好像牙疼地说，笑难道不好吗?

我没有找到镜子。我和那名男子缓缓地谈了很多话。他告诉我，因为母亲是残疾人，父亲在他出生后不久就把他们母子抛弃了。母亲带着他改嫁了一个傻子，那是一个大家族。他从小就寄人篱下。谁都可以欺负他。出了任何事，无论是谁摔碎了碗、谁打烂了暖瓶，无论他是否在场，都说是他干的，他也不能还嘴。他苦着脸，大家就说他是个丧门星，说给了他饭吃，他起码要给个笑脸。为了少挨打，他开始学着笑。他对着小河的水面笑，小河被他的泪水打出一串漩涡；他对着破碎的坛子里蓄积的雨水练习笑容，那笑容把雨水中的蚊子都惊跑了。他练出了无时无刻不在微笑的脸庞，渐渐地，这种笑容成了面具。

这个故事让我深深地发现了自己的浅薄。微笑，有时不是欢乐，而是痛苦到了极致的无奈。微笑，有时不是喜悦，而是为了生存下去的伪装。深刻检讨之下，我想到了一个词来形容这种状况，叫作——佯笑。

当我探求的时候，发现在我们周围浮动着那么多佯笑。如果佯笑出现在一位中年及以上的人脸上，我还比较能理解，因为生活和历史给了他们太多的苍凉，但我惊奇地看到很多年轻人也被佯笑的面具俘获，使你看不到他们真实的心境。

其实，这不是佯笑者的错，但需要佯笑者来改变。每一个婴儿出生之后，都会放声啼哭和由衷地微笑，那时候，他们是纯真和简单的，不会伪装自己的情感。由于成长过程中种种的不如意，孩子们被迫学会了迎合和讨好。他们知道，当自己微笑的时候，比较能讨到大人的欢心，如果你表达了委屈和愤怒，也许会招致更多的责怪。特别是那些在不稳定不幸福的家庭中长大的孩子，他们幼小的脑袋还无法分辨哪些是自己的责任、哪些不过是成人的迁怒。孩子总善良地以为是自己的错，是自己惹得大人不高兴了。由于弱小，孩子觉得自己有义务让大人高兴，于是开始练习佯笑。久而久之，佯笑几乎成了某些孩子的本能。所以，佯笑也不是百无一用的，它掩饰了弱小者的真实情感，在某些时候为主人赢得了片刻安宁。

可是佯笑带来的损伤和侵害，是潜在和长久的。你把自己永远钉在了弱者的地位，不由自主地仰人鼻息。在该愤怒的时候，你无法拍案而起；在该坚持的时候，你无法固守原则；在合理退让的时候，你表现了谄媚；在该意气风发的时候，你难以潇洒自如。当很多年轻人以为自己的风度和气质是一个技术操作性的问题时，其实背后是一个顽固的心结，那就是你能否流露自己的真实情感。

我们常常羡慕有些人那么轻松自在和收放自如，我们不知道怎样获得这样的自由。最简单的方法就是全面地接受自己的情绪，做一个率真的人，学会和自己的心灵对话。你不可能要求自己的脸上总是阳光灿烂。你不能掩盖和粉饰心情，你必须承认矛盾和痛楚。只有这样，我们才能真正成为驾驭自己的主人。

回到那位被背叛的男子，当他终于收起了微笑，开始抽泣的时候，我觉得这是他的大进步、大成长。他的眼泪比他的笑容更能显示坚强。当他和自己的内心有了深刻的接触之后，新的力量和勇气也就油然而生了。

现代商战把微笑也变成了商品，我觉得这是对人类情感的大不敬。微笑不是一种技巧，而是心灵自发的舞蹈。我喜欢微笑，但那必须是内心温泉喷涌出的绚烂水滴，而不是靠机器挤压出的呻吟。

做别人，也挺好

王尔德说：做你自己，因为别人都有人做了。

这话不通，别人都在做自己，所以做别人才有意思嘛。

我就时常有做做别人的冲动：

幼儿园时羡慕同班女同学青青，每天因想念隔壁托儿所工作的妈妈而哭得梨花带雨特别迷人，于是我也如法炮制，制造了一起“情深深雨蒙蒙”的情景剧，在午间休息时号啕大哭，赢得了同学们和老师的关注，别看我哭得肝肠寸断，其实心里面可是得意着呢！

初中时特别喜欢班上一个英气逼人的女生，试着剪了短发，穿上T恤，感受一下什么叫帅。

外教口语课让我们演小品，我给自己设定了一个傻子邮递员的角色，在表演中装疯卖傻，任性撒泼，十足地过瘾，还被外教点名表扬了一番演技出众。

……

其实不只是我，很多名人也喜欢做别人：

英国女作家伍尔夫化装成阿比西尼亚的门达克斯王子前往韦

默斯访问英国海军的“无畏号战舰”，竟无人发现，并受到了热烈欢迎。这暴露了国防系统的薄弱和徒有其表的官僚体制。

另一个英国作家奥威尔假装成一个流浪汉潜入贫民区，了解底层人民的疾苦，收集到一手的写作素材，写出了《巴黎伦敦落魄记》。

……

做别人简直酷毙了，你可以暂时不做自己，而是用别人的方式思考、像别人那样行动。这就相当于你在游戏里cosplay一个角色，你被赋予了另一种人格、年龄、背景甚至性别。当你在做别人的时候，得到的是一种全然不同的人生体验。你会了解到别人是怎样看世界的，以及别人是怎样看你的。

在“做别人”时，你会惊异地发现，自己原来的认知是不完整的，你会发现另一种人生是可能的，他人是可以理解的，而自己的人生也可以有所不同，有所改变。这无疑是自己性格的一次突破，对人生观的一次补充。

我所说的“做别人”，是一种积极的选择，是一种充满冒险精神的人生态度，而不是人云亦云的随大流、不思进取，在人堆里泯然众人。

要知道，在别人眼里，你也是别人，想想看，在这个充斥着“别人”的世界里，你一直在封闭地做自己，是不是感觉像白活了一样？你站在自己的房间里，猜想着别人的房间大致是什么样子，远不如你亲自住进去来得深刻。这就像去迪士尼乐园，每一个项目都是一种体验。你的参与是为了从体验中有所获有所感，而不是坐在家里空想“大概就是一些天上飞来飞去、地上跳来跳去的游戏吧”。玩过和没玩过，感受是不同的。唯有投入其中，才会明白个中滋味和道理。这也是我们经常说“站在别人的角度想问题”成为一句无力的空话的原因。除了“想”，还要“站”，“做别人”是去“站”，这不是随便一句“换位思考”就能做到的。

往往人和人之间的隔阂就产生于人人都在做自己，无法互相理解，无法彼此体谅。而“做别人”其实是一种努力，这种努力给了你一个契机，去走进别人的世界，用身体力行，用想象力、用自己的智力去实践，代替毫不费力的空想，只有这样才能消除那份人与人之间的距离。

“做自己”从来都不是那么容易的事，并不是躺在沙发上，两手一摊就是在做自己，那只是懒惰的借口。做自己的人往往要更积极地去揣摩别人，找出自己与别人不同之处，并理解其深层原因。真正的“做自己”，是不断去思考“我是谁”这个问题，并且在这过程中不可避免地站到自己之外去看自己。

在你站到自己之外的时候，你就不是在做自己，而是在“做别人”了，只有这样，你才能弄清楚你是个什么样的人，你想要成为什么样的人？你能够成为什么样的人？而这时的“自己”，已经不是你之前不自知不自觉的自己了。

因为我们常常不理解别人，所以才要体验一下“我是别人”的感觉；因为我们的自己终究是有限的，所以“变成别人”才是挑战极限的事情；因为我们永远不知道自己还有多少潜能未被开发，所以才要从角色的转换中挖掘自己的可能。最终我们都无法成为别人，“做别人”说到底还是为了“做自己”。我想这就是“做别人”的意义所在吧。